AF550727

SV

Band 1355 der Bibliothek Suhrkamp

Thomas Brasch

Vor den Vätern sterben die Söhne

Mit einem Nachwort von Katja Lange-Müller

Suhrkamp Verlag

Erstausgabe 1977 im Rotbuch Verlag Berlin
Das Nachwort wurde für die vorliegende Ausgabe geschrieben.

4. Auflage 2021

Erste Auflage 2002
Suhrkamp Verlag Frankfurt am Main
Mit freundlicher Genehmigung des Rotbuch Verlags Hamburg

Satz: Satz-Offizin Hümmer GmbH, Waldbüttelbrunn
Druck: Pustet, Regensburg
Printed in Germany
ISBN 978-3-518-22355-0

Vor den Vätern sterben die Söhne

Zuerst spürte ich seinen Kopf, der stark auf meine Blase drückte, und einige Minuten später den Schwanz, der in meinem Mund wedelte. Ich wollte nicht darüber nachdenken, wie der Wolf in mich hineingekommen war und warum er verkehrt lag. Ich stieg in die Straßenbahn 63 und fuhr zum Krankenhaus Friedrichshain. Die blonde Pförtnerin wies mir sofort den Weg in den Operationssaal. Ich legte mich auf ein Holzbrett und wartete auf den Arzt. Der Arzt schnitt mir den Bauch bis zum Hals hin auf und sah auf den Wolf. Der Wolf lag sehr ruhig.

Wenn wir den Wolf aus Ihnen herausnehmen, werden Sie sterben, sagte der Arzt.

Ich stand auf und verließ den Operationsraum. Ich ging auf die Straße, und die Leute starrten auf meinen Bauch. Ich war nackt, und der Wolf begann wieder mit seinem Schwanz zwischen meinen Zähnen zu wedeln. Ich stieg den Berg herunter, an der Straßenbahnhaltestelle vorbei. Der Schriftsteller S. trat auf mich zu und teilte mir mit, daß das Bild des Malers M. »Der Schlüssel« aus der Ausstellung in Dresden entfernt und beschlagnahmt worden sei. Ich ging weiter den Berg hinunter, nachdem der Schriftsteller S. sich mit erhobener geballter Faust verabschiedet hatte. Ich bog gleich in die Wilhelm-Pieck-Straße ein und ging auf das Haus Nr. 68 zu, in dem ich wohne.

1

Fliegen im Gesicht

Die Schicht ist um 5 zuende. Um viertel sechs werde ich am Tor sein. Holst du mich ab?
Was sonst, sagte er, ich bin um fünf am Tor.
Er streichelte ihr über die Wange, beugte sich herunter und küßte sie auf den Hals. Dann drehte er sich um und ging.
Ich hätte es ihr sagen sollen. Morgen kommt sie von der Schicht, und ich bin nicht da. Sie wird denken, ich hätte es vergessen. Bis halb sechs wird sie warten und dann wird sie weinen. Sie wird denken, ich wäre bei irgendeiner gewesen. Als ich mit Harry unterwegs war, hat sie dreimal bei ihm angerufen. Ich hätte es ihr sagen müssen. Oder irgendeine Geschichte, daß ich wegfahre, dann müßte sie morgen nicht warten. Irgendwann erfährt sie es sowieso. Entweder schreibe ich ihr von drüben oder ich bin tot. Vielleicht bin ich morgen um fünf tot. Wie das klingt: Vielleicht bin ich morgen tot. Heute sage ich, daß ich morgen um fünf am Tor bin und morgen um fünf liege ich im Leichenschauhaus. Oder ich sitze vor einem Polizisten. Einer von hier oder einer von drüben? Ich hätte es ihr sagen sollen. Erzähl deine Märchen jemand anders, du denkst doch nicht, daß ich das glaube, was willst du drüben, hätte sie gesagt, mich angesehen und sich umgedreht. Dann wäre ich trotzdem zu der Stelle gegangen und hätte es versucht. Aber es wäre anders gewesen als jetzt.
Robert ging über die Straße zur Haltestelle und stieg in die Bahn.
Ich werde irgendwohin fahren. Noch über sechs Stunden. Irgendwo werde ich aussteigen und mich auf eine Bank setzen. Vielleicht trink ich noch einen und gehe dann zu der

Stelle. Ich muß jetzt an etwas anderes denken. Ich werde drüben studieren und irgendwann werde ich sie holen, und wir leben zusammen. Wenn es sicher ist, wird sie kommen. Ich werde alles vorbereiten. Oder ich bin tot.
Entschuldigen Sie, die Hiddenseer Straße, können Sie mir sagen, wo ich aussteigen muß. Ich bin hier fremd.
Der kleine Mann lächelte Robert an.
Ich weiß nicht, Hiddenseer. Ich weiß nicht. Ich bin auch fremd hier. Vielleicht fragen Sie den Fahrer.
Schönen Dank, sagte der Kleine und lächelte wieder.
Der Mann begann sich zum Fahrer durchzudrängen, und Robert stieg aus.
Morgen wird sie warten, und übermorgen wird sie ein Ferngespräch anmelden. Meine Mutter wird Angst haben. Das erste, woran sie denken wird, ist der Krach, den sie im Betrieb kriegt. Oder sie denkt an Vater: Wenn der noch leben würde, wäre das nicht passiert. Und ich bin vielleicht tot. Aber wenn ich es schaffe, wird alles anders. Ich rufe an. Das ist gut. Mutter, werde ich sagen. Nein, zuerst rufe ich im Betrieb an. Hallo, sage ich. Ja, Robert, wo bist du? Warum warst du nicht am Tor. Du kannst mich doch nicht. Dann werde ich sie unterbrechen und sagen, ganz ruhig, so, als ob nichts passiert wäre: Ich bin im Westen. Und dann nichts mehr. Ich werde warten, daß sie etwas sagt. Ganz einfach warten.
Hallo, Sie, hallo. Bleiben Sie doch mal stehen. Ja, Sie meine ich.
Aus. Sie haben mich die ganze Zeit beobachtet. Sie wußten von Anfang an alles.
Robert spürte, wie der Schweiß unter seinen Achselhöhlen herausschoß. Er drehte sich um. Aus dem Fenster des Neubaublocks sah ein Mann heraus und streckte den Arm nach unten.

Da unten liegt mein Kissen. Es ist herausgefallen. Der Fahrstuhl ist kaputt. Ich bin nicht mehr gut auf den Beinen. Kannst du es mir heraufbringen? Vierter Stock rechts: Werner. Die Tür ist angelehnt.

Schon gut, sagte Robert, hob das Kissen auf und ging auf das Haus zu. Vor der Fahrstuhltür standen zwei Jungen, und Robert ging hinter ihnen in die Kabine. Sie stießen einander an. Zu Werner, sagte der eine und beide lachten. Im vierten Stock stieg Robert aus, ging den Flur hinunter, öffnete die Tür am Ende des Ganges und trat in die Wohnung. Der Geruch von altem Fett schlug ihm entgegen.

Lassen Sie die Tür offen, hörte er.

Robert ging an der Kochnische vorbei ins Zimmer. Auf dem zerwühlten Bett saß der Alte, nur mit einer Pyjamahose und einem Unterhemd bekleidet.

Bist du geflogen? Vier Stockwerke in einer halben Minute. Nicht schlecht.

Der Fahrstuhl funktioniert, sagte Robert und legte das Kissen auf den Sessel.

Das hätte ich wissen müssen, aber sie sagen einem ja nicht Bescheid, wenn der Hase wieder läuft.

Der Alte schob seine Beine über die Bettkante und sah Robert an.

Willst du einen Tee? Du kannst ein Glas kriegen. Ich setze gleich Wasser auf.

Danke. Ich muß weiter. Machen Sie sich keine Umstände.

Umstände.

Der Alte lachte. Mir macht nichts mehr Umstände.

Ich hab was zu erledigen, sagte Robert.

Ich verstehe schon. Du denkst: Der hat einen ganz schönen Vogel. Erst läßt er mich das Kissen hochbringen, und jetzt soll ich mich noch in seine dreckige Wohnung setzen.

Zwischen jedem Wort holte er tief Luft, und Robert schien, als hörte er ein Pfeifen in der Stimme des Mannes.

So eilig wird es nicht sein, daß du einem alten Mann nicht zehn Minuten Gesellschaft leisten kannst.

Robert setzte sich in den Sessel und sah sich um. Der Alte suchte seine Schuhe, fand einen und ging schließlich barfuß in die Kochnische.

Er hat gewußt, daß der Fahrstuhl funktioniert. Was soll ich mit ihm reden? Es ist auch egal. Sechs Stunden. Besser hier sitzen als auf der Straße vor jeder Uniform zittern.

Der Alte begann zu husten. Er stand am Spülbecken und ließ das Wasser in den Kessel laufen. Der Husten wurde stärker, und plötzlich ließ der Alte den Kessel fallen und erbrach sich ins Becken.

Jetzt kotzt der auch noch.

Robert ging in die Kochnische.

Es geht gleich wieder, flüsterte der Alte, und sein Körper zitterte.

Dann erbrach er sich wieder, und Robert sah die roten Klumpen im Becken. Der Alte drückte den Kopf gegen die Wand. Tränen rannen über sein Gesicht. Seine Hose rutschte herunter. Er griff nach ihr, aber er bekam sie nicht mehr zu fassen. Robert bückte sich und zog sie wieder hoch. Das Zittern des Körpers wurde stärker.

Jetzt kippt er weg.

Robert faßte ihn an den Schultern und in den Kniekehlen, hob ihn hoch und trug ihn zum Bett. Der Alte hatte die Augen geschlossen.

Wie leicht er ist.

Robert schob ihm das Kissen unter den Kopf und deckte ihn zu. Dann ging er zur Tür.

Ich kann ihm auch nicht helfen. Warum sollte ich dablei-

ben. Irgendwo muß dieser verdammte Fahrstuhl gewesen sein.
Suchen Sie jemand, hörte Robert hinter sich eine Stimme.
Die grauhaarige Frau stand in der Wohnungstür und trocknete sich die Hände an einem Geschirrtuch ab.
Ich wollte zu Herrn Werner.
Von dort kommen Sie doch gerade, oder?
Ich habe vielleicht das Schild übersehen. Vielleicht habe ich den Namen falsch gelesen.
Die Frau schob das Geschirrtuch unter ihre Schürze.
Was wollen Sie denn von Herrn Werner.
Ich soll ihm was bringen, von seiner Schwester.
Sie trat einen Schritt auf ihn zu.
Was denn, eine Schwester hat der? Das kann doch nicht wahr sein. Das ist der Gipfel. Die sollte lieber mal selber kommen, statt jemanden herzuschicken. Ihr Bruder machts nicht mehr lange, das können Sie ihr sagen. Der ist schon jetzt nicht mehr ganz bei sich. Hier oben, meine ich. Den ganzen Tag marschiert er im Stechschritt durchs Zimmer. Oder er holt fremde Leute in die Wohnung. Jetzt hat er auch noch angefangen, nachts zu singen. Singen, was sage ich. Er krächzt. Und plötzlich stellt sich heraus, er hat eine Schwester. Sagen Sie ihr mal, sie soll ...
Robert drehte sich um und ging zurück.
Sagen Sie es ihr. Ihr Bruder verreckt hier, und sie schickt irgendwelche Leute. Sie sollte sich was schämen.
Der Alte schlief. Robert deckte ihn zu und sah ihn an. Das Gesicht war faltig, von Bartstoppeln bedeckt, vom Ohr zum Kinn lief eine tiefe Narbe. Die Fingernägel waren lang und schmutzig. Jetzt bewegte er sich und stöhnte. Er schob die Decke zurück, und Robert sah die schmale behaarte Brust, die sich in unregelmäßigen Abständen hob und senkte. Das

Turnhemd war fleckig und an einer Stelle ausgerissen. Robert schob dem Alten die Decke bis unters Kinn und setzte sich wieder in den Sessel. Er zog eine Zigarette aus der Tasche und zündete sie an.

Und wenn er stirbt. Ein Arzt? Die Polizei: Was wollen Sie in dieser Gegend. Woher kennen Sie den Mann. Sie werden kein Wort glauben. Ein Kissen. Haha. Das sagen Sie doch nicht im Ernst. Wohin wollten Sie. Was arbeiten Sie. Im Augenblick gar nicht. Das ist interessant. Folgen Sie uns. Klärung eines Sachverhalts.

Robert warf die Zigarette in eine leere Vase, stand auf, ging zum Bücherschrank neben der Tür, nahm ein Buch heraus und las:

Fern von Moskau.

Er schlug das Buch in der Mitte auf:

Sie werden es selbst hinbringen, Genosse Sjatkow, werden mit dem Genossen Umara und Batmatew zusammen dieses kostbare Geschenk Genossen Stalin persönlich überreichen, antwortete Pissarew. Wieder dröhnte Beifall, wie ihn der Adun und die uralte Taiga noch niemals gehört hatten.

Robert schloß das Buch und stellte es zurück.

Auch das noch. So einer. Das klassische Paar: Junger Bürger vor der Flucht trifft auf Veteran der Arbeiterbewegung.

Robert nahm den Bilderrahmen aus dem Regal. Von einem Zeitungsfoto sahen ihn Männer in Lederjacken mit geschulterten Gewehren und Sternen auf den Mützen an.

Rot Front, sagte Robert.

Da war ich dabei, hörte Robert und drehte sich um.

Der Alte hatte seinen Rücken gegen das Kopfende geschoben und sah ihn an.

Da war ich vor 38 Jahren. In Spanien. Gib mal her.

Robert ging zum Bett und gab ihm das Bild.
Ich habs aus der Berliner Zeitung ausgeschnitten.
Der Alte legte sich auf den Rücken und hielt das Foto mit beiden Händen vor seine Augen.
Vor 38 Jahren, flüsterte er, und ich war dabei.
Schon gut. Soll ich Ihnen Tee machen.
Du glaubst es wohl nicht. Aber es ist so. Ich war dabei und immer, wenn ich das Bild sehe, fühle ich mich wie damals. Es war eine große Zeit. Andere haben in ihrem Leben nichts geschafft als zwei Kinder und drei Tage Treueurlaub. Bei mir ist das anders.
Ich mache Tee. Robert ging in die Kochnische.
Habe ich lange geschlafen, fragte der Alte.
Nicht lange, sagte Robert und ließ das Wasser in den Kessel laufen. Ein paar Minuten bloß.
Er suchte die Streichhölzer.
Tut mir leid wegen vorhin.
Robert stellte den Kessel auf die Flamme:
Wo ist der Tee.
Der Alte hatte sich zur Wand gedreht und sah noch immer auf das Bild.
Unten im Schrank.
Robert füllte Tee in die Kanne. Dann setzte er sich auf einen Hocker in der Kochnische und wartete.
Immer wenn ich das Bild sehe, denke ich daran. Ich sehe die Sterne an den Mützen und gleich höre ich auch die Schüsse und sehe die Fliegen in den toten Gesichtern.
Ja, ja, sagte Robert.
Er sah den Alten sprechen, aber er hörte ihm nicht mehr zu. Nach einigen Minuten stand er auf und goß das kochende Wasser in die Kanne. Er nahm zwei Gläser aus dem Schrank, ging ins Zimmer und setzte sich wieder in den Sessel.

Sowas kann man nicht vergessen, sagte der Alte und drehte sich zu Robert.
Hör auf. Ich kenn das Lied. Ich habe es schon im Kindergarten vorgespielt bekommen.
Der Alte sah ihn gerade an.
Was ist los mit dir.
Nichts. Mit mir ist nichts los. Ich weiß nur, was jetzt kommt, und will es nicht zum tausendsten Mal hören.
Ach so, du willst es nicht hören, sagte der Alte. Aber deine Schlabbermusik, dein Dabidubidai auf elektrisch, das willst du hören.
Laß gut sein. Ich kenn das Spiel auswendig. Gleich wirst du sagen, daß wir alles besser wissen. Daß wir hinten alles reingestopft bekommen und vorn das Maul aufreißen.
So ist es, sagte der Alte.
Es hat euch keiner drum gebeten. Das ist doch die Antwort, die du hören wolltest, oder.
Geh zum Fenster. Los.
Was soll das schon wieder.
Das wirst du sehen.
Robert ging zum Fenster.
Was siehst du. Sag mir nur was du siehst. Vor dreißig Jahren hättest du nichts gesehen als Trümmer und Dreck. Und was siehst du jetzt?
Kästen, sagte Robert, Riesenknast mit Grünanlagen.
Ach so, schrie der Alte, Ruinen sind wohl schöner, Frieren ist wohl besser.
Hör auf. Schon gut. Ich habe dir gesagt, daß ich das Spiel kenne. Ich gehe, brüll du deine schönen neuen Wände an.
Robert ging zur Tür.
Warte, rief der Alte. Es ist meine Schuld. Ich wollte dir etwas anderes sagen. Ich war in Spanien. Wir haben gekämpft und

wir wußten wofür. Ich habe die Fliegen auf den Gesichtern der Toten gesehen. Ich war ein junger Mann. Aber sie haben uns fertiggemacht. Als es keinen Sinn mehr hatte, sind wir über die Grenze gegangen. Es war nicht einfach, doch als es nicht weiterging, mußten wir über die Grenze.

Gut, sagte Robert und setzte sich wieder in den Sessel, spielen wir es zuende. Ihr mußtet also über die Grenze und ihr seid gegangen. Über welche Grenze kann ich gehen, wenn es keinen Sinn mehr hat?

Wie meinst du das.

Stell dich nicht dümmer als du bist, sagte Robert und sah den Alten gerade an. Das gehört doch zu diesem Gesellschaftsspiel. Du hattest deinen Text, jetzt habe ich meinen, und der heißt: Ich kann nicht machen, was du konntest. Schließlich habt ihr um die schönen Häuser auch noch eine Mauer gebaut.

Wenn wir sie nicht gebaut hätten, wärt ihr jetzt alle drüben, wo es glitzert und funkelt. Der Alte lehnt sich zurück.

Oder gerade nicht, sagte Robert.

Was willst du denn drüben. Was willst du denn von denen.

Gar nichts. Von denen will ich gar nichts. Aber besser da, als hier fern von Moskau. So, und jetzt kannst du zur Telefonzelle gehen. Polizeiruf 110.

Der Alte sah ihn an.

Was ist mit dir los. Wer hat dir was getan. Was willst du denn.

Robert stand auf und stellte sich in die Mitte des Zimmers. Ihm schien, als habe er diese Sätze schon hundertmal gesagt und seiner eigenen Stimme dabei zugehört.

Was ich will, schrie er, diese Nabelschnur durchreißen. Die drückt mir die Kehle ab. Alles anders machen. Ohne Fabriken, ohne Autos, ohne Zensuren, ohne Stechuhren. Ohne Angst. Ohne Polizei.

Er schlug mit der Faust gegen das Regal, aber die Müdigkeit blieb in seiner Stimme.

Von vorn anfangen in einer offenen Gegend.

Setz dich doch hin, sagte der Alte.

Ich weiß, schrie Robert weiter, das war alles schon da, das klingt alles pathetisch, das ist alles nichts Neues. Wenn ich was Besseres wüßte, würde ich jetzt nicht hier stehen.

Er ließ die Arme sinken. Der Alte stand auf, nahm den Plattenspieler aus dem Regal und stellte ihn auf den Tisch vor das Bett, ging zum Schrank und nahm eine Schallplatte aus dem Fach.

Setz dich hin, sagte er, du zitterst ja.

Robert ließ sich in den Sessel fallen.

In Spanien stands um unsere Sache schlecht. Zurück gings Schritt um Schritt, sang eine harte metallische Stimme. Und die Faschisten brüllten schon: Gefallen ist die Stadt Madrid.

Madrid, hörte Robert auch den Alten singen.

Da kamen sie aus aller Welt mit einem roten Stern am Hut.

Am Manzanaras kühlten sie dem Franco das zu heiße Blut.

Das waren Tage der Brigade 11 und ihrer Freiheitsfahne …

Robert sah, wie der Alte die Augen schloß.

Noch fünf Stunden. Ich werde an die Grenze gehen. Sie werden schießen. Ich werde daliegen mit Fliegen im Gesicht.

Es war wieder still im Zimmer.

Der Alte öffnete die Augen.

Manchmal denkt man, es ist einem egal, sagte er leise. Es gibt nichts mehr, was einen freut. Die Freunde sind tot oder kennen dich nicht mehr. Es könnte einem egal sein, aber plötzlich hat man Angst. Manchmal denke ich, es wäre besser, wenn ich in Spanien gefallen wäre. Aber ich werde hier sterben, im Bett neben einem Plattenspieler.

Robert stand auf und legte den Tonarm wieder auf die Platte.
In Spanien stands um unsre Sache schlecht, sang die Stimme wieder.
Wir haben nichts gemeinsam, sagte der Alte.
Robert drehte den Knopf für die Lautstärke bis gegen den Anschlag, und die Musik übertönte die Stimme des Alten.
Doch, sagte Robert, wir haben beide Angst vor den Fliegen im Gesicht.
Was, schrie der Alte, beugte sich nach vorn und sah plötzlich zur Tür.
Robert drehte sich um. Neben dem Schrank stand die grauhaarige Frau aus dem Flur. Sie kam durchs Zimmer, ging auf den Tisch zu und riß den Tonarm von der Platte.
Sind Sie endgültig verrückt geworden, schrie sie den Alten an, müssen Sie sich das Zeug bei voller Lautstärke anhören? Es gibt noch Leute, die ihre Ruhe haben wollen, wenn sie von der Schicht kommen. Ich werde mit Ihrer Schwester sprechen. Sie gehören in ein Altersheim oder in die Irrenanstalt.
Die Frau wandte sich um.
Sind Sie auf seine großen Geschichten reingefallen, sagte sie. Ihnen hat er wohl auch erzählt, daß er ein Freiheitskämpfer war. In Rußland oder in Spanien oder bei den Indianern. Ruhmreiche Vergangenheit. Orden und Ehrenzeichen. Daß ich nicht lache.
Der Alte sprang auf. Seine Hände zitterten.
Der ist in seinem Leben nicht weitergekommen als bis Oranienburg, und jetzt holt er sich jeden Tag junge Leute rauf, spielt ihnen den großen Mann vor und verstopft mit seinen Zeitungen den Müllschlucker.
Robert sah, wie der Alte einen Schritt auf die Frau zu machte.

Mach, daß du rauskommst. Faschistin, Nazikrähe, solche Weiber haben Hitler an die Macht gebracht, dieses Land ins Unglück gestürzt und jetzt fressen sie den ganzen Tag Butterkremtorte.

Die beiden starrten einander haßerfüllt in ihre Gesichter. Robert drückte sich gegen das Kissen und sah auf die Uhr.

Der Zweikampf

Als sie sahen, wie Marsyas den Berg heraufkam, wußten sie, daß der Sieger des Kampfes Apoll heißen würde. Marsyas' Gang war der Gang eines Mannes, der verliert, bevor er begonnen hat. Auf der Hälfte des Berges angelangt, warf er sich ins Gras, als wolle er schlafen, wälzte sich von einer Seite auf die andere, sprang wieder auf und setzte seinen Weg zum Gipfel fort. Als er den letzten Felsvorsprung unter dem Plateau erreicht hatte, sahen sie seine glanzlosen Augen und die Hirtenflöte in seinem Gürtel und waren jetzt sicher, daß es sich bei diesem Mann um den Erwarteten handelte. Sie flüsterten miteinander und verließen ihr Versteck auch nicht, als Marsyas die Wiese betrat, die als Kampfstätte ausgemacht war.

Apoll kam hinter dem Baum hervor, als Marsyas die Wiese betreten hatte.

Du bist Marsyas, sagte Apoll.

Der Hirte antwortete nicht.

Du hast mich zum Wettbewerb gefordert. Hier ist mein Instrument.

Apoll streckte seine Leier über den Kopf.

Es ist warm hier oben, sagte Marsyas, und sie konnten aus ihrem Versteck das Grinsen aus seinem vernarbten Gesicht erkennen.

Ich habe gehört, du spielst jeden Tag auf deiner Flöte, wenn du deine Schafe hütest, sagte Apoll.

Es sind nicht meine Schafe, sagte Marsyas.

Aber du spielst jeden Tag, fragte Apoll.

Morgens, antwortete Marsyas.

Du vertreibst dir deine Langeweile damit, sagte Apoll.

Vielleicht, antwortete Marsyas.
Man sagt: Keiner beherrscht dieses Instrument besser als du. Haben dich viele gehört?
Viele Schafe, sagte Marsyas.
Heute werden dich die Musen hören, rief Apoll und gab das verabredete Zeichen zu den Büschen hinüber.
Sie traten aus ihrem Versteck, stellten sich im Halbkreis um die beiden auf, hoben die Arme und sagten:
Der Wettbewerb beginnt mit einem Vergleich der Instrumente. Dein Instrument, Apoll.
Apoll setzte sich ins Gras und stellte die Leier auf seine Knie. Er zupfte einige Töne, drehte das Instrument auf seine Spitze und zupfte wieder einige Töne.
Mein Instrument ist von beiden Seiten spielbar, sagte er.
Kannst du auch dein Instrument von beiden Seiten spielen, fragten sie Marsyas.
Nein, sagte Marsyas.
Erster Vorteil des Apoll im Wettbewerb, sagten sie und schritten einen Kreis um die beiden.
Die zweite Übung, Zweck und Mittel.
Apoll setzte ein Bein vor, warf den Kopf in den Nacken und begann mit hoher Stimme zu singen:
Ich will von Atreus Söhnen / und will von Kadmos singen / doch wollen meine Saiten / nur von der Liebe klingen. / Sie singen nur von Liebe / drum wechsle ich die Saiten / will Herakles besingen / sein Leben und sein Streiten. / Doch auch die neuen Saiten / nur von der Liebe klingen / Auf Wiedersehen, ihr Helden / bis mir die Saiten springen.
Marsyas begann zu lachen. Er hielt sich den Bauch, er warf sich auf die Erde. Sein Körper bog sich. Doch auch die neuen Saiten nur von der Liebe singen, stöhnte er unter Lachen.
Dann stand er plötzlich auf und sagte:

Weiter. Die nächste Übung.
Diese Übung ist noch nicht beendet, sagten sie. Kannst du zu deinem Instrument einen Text vortragen. Oder bist du nur fähig, Töne hervorzubringen, ohne einen Inhalt auf den Zuhörer zu übertragen?
Das ist eine Flöte, sagte Marsyas.
Zweiter Vorteil für Apoll. Die dritte Übung: Das instrumentale Spiel.
Apoll spielte fast eine Stunde. Es schien, als wäre Marsyas im Stehen eingeschlafen. Er hielt die Augen offen und hatte sie auf Apoll gerichtet, aber sie waren wie tot.
Ich spiele nicht, sagte er, als Apoll die Leier ins Gras gelegt hatte.
Wollen wir eine Pause einlegen, fragte Apoll.
Es ist mir gleichgültig, sagte Marsyas.
Was heißt: Es ist mir gleichgültig, sagten sie. Du bist hergekommen, um gegen Apoll anzutreten. Wie sollen wir entscheiden welcher der beiden Künstler der bedeutendere ist, wenn wir von dir nichts hören außer Reden?
Schaff die Weiber weg, sagte Marsyas.
Sie sollen über uns richten, sagte Apoll.
Ach, sagte Marsyas, sie sollen hingehen, wo sie hergekommen sind, und ihre dürren Titten in kaltes Wasser hängen.
Das will ein Künstler sein, schrien sie. Reden und eine Sprache wie im Stall. Er ist nicht würdig, dein Gegner zu sein, Apoll.
Marsyas drehte sich mit einem Ruck zu ihnen um. Sein Gesicht war von Haß so verzerrt, daß auf seiner Haut rote Flecken entstanden.
Noch ein Wort, schrie er, und ich schlage euch die stinkenden Zähne in die Fressen.
Bauer, sagten sie, und drehten ihm den Rücken zu.

Sieh dir diese brutalen Ärsche an, schrie Marsyas. Willst du im Ernst, daß soetwas entscheidet, Mann?

Vielleicht hast du recht, sagte Apoll, aber wer soll es sonst tun?

Wir sind zu dem Schluß gekommen, daß Marsyas nicht die Kunst des Flötespielens beherrschen kann. Vielleicht spielt er tatsächlich, wenn er bei seinen Schafen sitzt, aber wenn es darum geht, seine Kunst Sachkundigen zum Urteil vorzustellen und sie zu messen, zeigt sich, daß er versagt. Wir wußten es schon, als wir ihn den Berg heraufkommen sahen.

Beweise ihnen das Gegenteil, sagte Apoll.

Ich habe keine Lust.

Aber du hast überall verbreitet, daß du den Mächtigen zu Fall bringen wirst. Jetzt ist die Gelegenheit, sagte Apoll.

Ich bin nicht mehr interessiert.

Was willst du machen, fragte Apoll.

Nichts, sagte Marsyas.

Er zog seine Flöte aus dem Gürtel, warf sie Apoll vor die Füße, drehte sich um und ging über die Wiese zum Abhang.

Erst jetzt sahen sie die Tränen in den Augen Apolls. Er stützte den Kopf in die Hände und rieb sich die Augen. Sein Körper zitterte.

Holt ihn zurück, stöhnte er. Holt ihn zurück, schrie er.

Marsyas wollte eben den Abstieg beginnen, als sie ihn einholten.

Komm zurück. Er weint, sagten sie.

Ich komme, wenn ihr mir nacheinander den Arsch leckt, sagte er und ließ seine Hosen fallen.

Eine nach der anderen ließ ihre Zunge über sein verpickeltes Fleisch streifen. Dann kehrten sie mit Marsyas auf die Wiese zurück. Apoll lag noch immer auf der Erde, sein Gesicht im

Gras. Der Hirte ging zu ihm und trat ihm mit aller Kraft in die Rippen.
Jetzt heulst du, schrie er. Du dachtest, ich hätte dich nicht durchschaut. Du dachtest, Marsyas ist dümmer als ein Stück Vieh.
Bei jedem Wort, das er sprach, trat Marsyas Apoll stärker in die Seite. Er tanzte um den weinenden Mann, er sprang von einem Bein auf das andere. Er riß die Arme hoch und tanzte. Sein Geschrei wurde mit jedem Sprung lauter, bis es plötzlich abbrach, und Marsyas erschöpft ins Gras fiel. Seine Hände krampften sich in den nassen Boden. Apoll kroch zu ihm.
Spiel, hustete er und schob ihm die Flöte zwischen die Finger.
Laß mich, sagte Marsyas.
Sag mir den Grund.
Welchen Grund.
Wenn du nicht spielst, werden sie dich töten, sagte Apoll.
Marsyas steckte das Holz in den Mund und biß mit aller Kraft hinein, bis seine Zähne brachen.
Bist du deshalb hergekommen, fragte Apoll.
Marsyas antwortete nicht. Er starrte ins Gras. Apoll sprang auf.
Das Urteil, das Urteil, schrie er. Wer ist der Sieger?
Du bist der Sieger, Apoll, antworteten die Musen im Chor.
Bestraft den Unterlegenen, rief Apoll, schnell.
Sie rissen ihre Messer unter den Kleidern hervor und stürzten sich auf den Liegenden. Zwei hielten ihn an den Armen, zwei an den Beinen, zwei fetzten ihm die Kleider vom Körper. Als er nackt vor ihnen lag, drehten sie ihn auf den Rücken. Marsyas starrte sie an. Seine Lippen bewegten sich. Er spuckte einen Zahn aus.

Worauf wartet ihr, sagte Apoll, tut ihm den Gefallen.
Sie setzten ihre Messer an, schnitten ihm die Kerben in Handgelenke und Hals und zogen ihm die Haut vom Körper. Marsyas starrte sie an. Nur sein Gesicht und die Hände waren noch von Haut bedeckt. Er sah aus, als hätte er eine Maske aufgesetzt und Handschuhe angezogen. Aus seinen Adern sprang das Blut. Ein Wind kam auf, und sie sahen, wie die Luft seine Nervenstränge bewegte. Jetzt erst begann er zu schreien. Einmal schien ihnen, als hätte er aufgehört, obwohl sein Mund offenstand, ein anderes Mal dachten sie, der Ton wäre in eine für sie nicht mehr hörbare Höhe gestiegen.
So gut wie jetzt kann er auf der Flöte nicht gewesen sein, sagte Apoll.
Marsyas griff mit den Armen in die Luft, und sie verstanden, daß er aufstehen wollte. Apoll zog ihn hoch. Der Schreiende ging über die Wiese bis zum Abhang. Er brüllte seinen Ton über das Tal, und sein Blut stürzte ohne Halt aus seinem Körper.
Apoll ging zu ihm und reichte ihm seine Flöte. Marsyas schleuderte sie hinunter und brach zusammen. Sie glaubten, er wäre tot, aber plötzlich hob er seinen Kopf und bewegte den Mund.
Was sagt er, fragte Apoll.
Sie konnten nicht verstehen, was Marsyas sagte. Er begann wieder zu schreien. Wieder brach der Schrei ab, der Mund blieb offen stehen, die Augen starrten sie an.
Er ist tot, sagten sie.
Nehmt die Haut. Wir werden sie an der Quelle befestigen und das Wasser durch sie lenken, sagte Apoll. Der Fluß soll Marsyas heißen. Ihr gebt bekannt, daß er im Wettbewerb unterlegen ist und zur Strafe gehäutet wurde.

Wie du befiehlst, sagten sie und legten den Schlauch zusammen, der Marsyas Haut gewesen war.
Warte, Apoll, riefen sie, als sie den Göttersohn weggehen sahen, wir kommen mit.
Apoll drehte sich nicht um. Er beschleunigte seine Schritte.
Warte, riefen sie noch einmal.
Apoll blieb stehen und wandte sich zu ihnen.
Bleibt mir vom Hals.

Also, sagte er und sah mich an. Sie können überzeugt sein: Wir wissen nicht alles, aber so ahnungslos wie Sie glauben sind wir auch nicht. Er rollte die Bleistifte wieder auf die rechte Seite des Schreibtischs.
Fünfunddreißig, dachte ich, älter kann er nicht sein.
Also, sagte er wieder.
Ich habe ihn vor sechs Wochen zum letzten Mal gesehen, sagte ich, woher soll ich wissen, wo er jetzt ist.
Das habe ich schon dreimal von Ihnen gehört.
Er stand auf, legte die Arme auf den Rücken, drehte sich um, ging zum Fenster und sah hinaus. Ich hörte das Klappern der Schreibmaschine im Nebenzimmer. Von der Straße drangen Kinderstimmen herauf.
Sie machen es uns nicht leicht, sagte er und nach einer Pause fügte er hinzu: Sich selbst auch nicht.
Ich kann Ihnen nichts sagen, was ich nicht weiß. Ich habe Robert vor sechs Wochen zum letzten Mal gesehen und danach nichts mehr von ihm gehört.
Er sah weiter aus dem Fenster.
Sehen Sie: Genau das ist es, was wir nicht glauben.
Ihre Sache, sagte ich.
Es war jetzt still geworden, und ich konnte seinen schweren Atem hören.
Ihren Schlüssel, sagte er nach einigen Sekunden.
Was für einen Schlüssel.
Er drehte sich um.
Ich fordere Sie auf, mir Ihren Wohnungsschlüssel für eine Hausdurchsuchung zu übergeben. Wenn Sie ihn uns nicht freiwillig aushändigen, werden die betreffenden Ge-

nossen gezwungen sein, die Tür auf eine andere Weise zu öffnen.
Er ging zum Telefon. Während er sprach, hielt er seine Augen auf mich gerichtet.
Bei euch, sagte er und nach einer Pause: Nein. Ins Zimmer 3106.
Er streckte die Hand aus. Ich zog den Schlüssel aus der Tasche und legte ihn hinein.
Ja, sagte er ins Telefon, sie nicht.
Er legte den Hörer zurück.
Sie werden jetzt in einem Raum Platz nehmen. Denken Sie nach, wann Sie Ihren Freund zum letzten Mal gesehen haben und welche Pläne er Ihnen gegenüber geäußert hat. Und vergessen Sie nicht: Wir sind nicht allwissend, aber wir sitzen auch nicht nur so herum.
Was wollen Sie in meiner Wohnung, sagte ich. Jedes Wort schien mir nutzlos. Er lächelte. Die Tür hinter mir wurde geöffnet. Ich drehte mich um. Ein junger Polizist war eingetreten und salutierte.
Haben Sie noch Fragen, fragte der Vernehmer.
Was ist mit Robert. Haben Sie ihn verhaftet.
Gäbe es einen Grund, fragte er und sah mich an.
Ich stand auf. Sein Gesicht hatte noch immer den gleichen müden Ausdruck wie zu Beginn der Vernehmung.
3106, sagte er.
Der Polizist salutierte wieder. Er trat einen Schritt auf mich zu.
Folgen Sie mir, sagte er.
Ich ging vor ihm aus dem Zimmer. Er wies mit der Hand zum Ende des Flures und folgte mir, als ich auf die geöffnete Tür neben der Treppe zuging. Ich betrat das Zimmer und blieb in der Mitte stehen.

Wenn Sie auf die Toilette wollen, klopfen Sie, sagte er und schloß die Tür. An der hinteren Wand standen zwei Hocker. Ich setzte mich auf den größeren, lehnte mich nach hinten gegen die Wand und schloß die Augen. Hinter meinen Lidern verschwammen rote und blaue zuckende Kreise, und ich spürte das dumpfe Pochen unter der Haut an meinem Hals. Dieser Idiot. Irgendetwas mußte kommen, dachte ich. Wahrscheinlich hat er wieder Volksreden gehalten, und sie haben ihm das Maul gestopft. Dann haben sie ihm Feuer unterm Hintern gemacht, und er hat gesungen. Wie sollten sie sonst auf mich gekommen sein.

Ich hatte ihn zum ersten Mal gesehen, als er im Kino in der Reihe vor mir gesessen hatte. Die ganze Woche über war in Berlin umgegangen, daß der Film verboten werden sollte und in anderen Städten zu Krawallen geführt hatte. Ich hatte mir am Vormittag nach zwei Stunden Warten eine Karte erkämpft, und jetzt saß dieser riesige Kerl vor mir, und ich sah mich zwei Stunden lang auf seinen Hinterkopf starren. Nach der Wochenschau tippte ich ihm auf die Schulter:
Zieh deinen Kopf ein, Mann.
Er wandte sich um:
Heute zieht hier keiner irgendetwas ein.
Er lachte und schob sich dann tiefer in seinen Sitz. Schon nach den ersten Minuten des Films begann die Unruhe im Saal. Die Bauarbeiter waren nach der Demonstration nackt in den Baggerteich gesprungen, und als ein Polizist sie herausbefahl, schwamm der riesige Brigadier auf ihn zu, packte ihn am Bein und riß ihn ins Wasser. Der Polizist paddelte hilflos umher, die Arbeiter lachten, und aus den Lautsprechern auf der Baustelle dröhnten die Losungen der Kundgebung: Sozialismus. Frieden.

Schweinerei, rief eine Stimme aus dem Dunkel, Verhöhnung unserer Staatsmacht.
Ein Teil des Publikums antwortete dem Rufer mit Lachen. Der Film lief weiter, die Bauarbeiter machten ihre Späße mit der Polizei und dem Parteisekretär, das Lachen vor der Leinwand wurde lauter und die Zwischenrufe drohender. Als der Brigadier den Parteisekretär vom Balken stieß, hörte ich Beifall aus den vorderen Reihen. Zwei Plätze vor mir erhob sich ein etwa vierzigjähriger Mann und rief über die Köpfe:
Wir lassen unseren Staat nicht in unseren Kinos beleidigen.
Ich sah, wie Robert sich in seinem Sitz hochschob und sich zu dem Mann umdrehte:
Wessen Staat.
Deiner nicht, sagte der Mann, ohne Robert anzusehen. Wir verlangen sofortige Unterbrechung der Vorführung, schrie er.
Überall im Saal standen jetzt Männer auf und brüllten, wurden in ihre Sitze zurückgezerrt, und auf der Leinwand standen die Bauarbeiter, bewegten die Münder, waren aber nicht mehr zu verstehen.
Wer hat diesen Film zugelassen, rief wieder der Mann neben mir, er beleidigt die Arbeiterehre.
Meine nicht, sagte ich und sah, wie Robert den Kopf herumdrehte.
Was willst du denn für ein Arbeiter sein, sagte der Mann.
Schlosser, antwortete ich, Transformatorenwerk. Wollen Sie meinen Betriebsausweis sehen?
Der Mann beugte sich herüber, streckte seinen Arm aus und zerrte mich am Hemd.
Hast du überhaupt bezahlt?
Ich versuchte die Hand wegzuschlagen, aber in diesem Au-

genblick griffen viele Hände aus dem Dunkel nach meinem Hemd und hielten mir die Arme fest.
Laßt den los, sagte Robert, aber die Hände zerrten mich aus meinem Sitz.
Zeig deine Karte. Provokateur.
Ich sah Robert über seinen Sessel in meine Reihe springen. Ich spürte, wie er die Hände von meinem Hemd losriß. Jetzt erst bemerkte ich, daß die Leinwand dunkel geworden war. Das Licht ging langsam an, die Köpfe der Jungen und Mädchen, die vorher dem Film applaudiert hatten, verschwanden in ihren Sesseln, und ich sah die haßverzerrten Gesichter um mich. Die Männer setzten sich wieder. Vor der Leinwand erschien der Leiter des Kinos.
Unter diesen Umständen kann die Vorführung des Films nicht fortgesetzt werden, sagte er, die Leitung des Lichtspieltheaters lehnt es ab, ein Kunstwerk vor einem Publikum zu zeigen, das sich in tumultartige Diskussionen ergeht, statt dem Film Aufmerksamkeit zu widmen.
Robert und ich waren die einzigen, die noch standen. Ich sah, wie sich alle Köpfe nach uns umwandten.
Robert begann zu sprechen:
Wir verlangen, daß die Vorführung weitergeht. Wenn es in diesem Kino zwei Parteien gibt, wird die eine von jetzt an keine Diskussionen mehr führen, und die andere Partei fordere ich auf, sich nach dem Ende des Films mit uns zu einer Diskussion in der Milchbar zu treffen. Noch kein Film hat eine Welt umgerissen.
Robert stieg über den Sessel und wir setzten uns wieder.
Bravo, schrien einige, und ein gewaltiger Beifall ging durch die Reihen. Der Leiter des Kinos zuckte mit den Schultern, gab ein Zeichen mit dem Arm und verschwand von der Leinwand. Das Licht ging langsam aus, und der Film lief wieder

an. Einige Rufer versuchten mit ihren Nachbarn weiterzudiskutieren, aber sie erhielten keine Antwort mehr. Nacheinander standen die Männer auf und gingen zur Tür. Auch der Mann neben mir verließ seinen Platz.

Ihr beide werdet euer blaues Wunder erleben, rief er uns beim Weggehen zu. Das lassen wir uns nicht gefallen, rief ein anderer und warf die Tür krachend hinter sich zu.

Als nach Ende des Films das Licht wieder anging, sah ich, daß nur noch die Hälfte der Plätze besetzt waren. Ich ging neben Robert zum Ausgang. Er gab mir die Hand:

Robert, sagte er.

Wir kamen auf den Vorplatz, wo die Menge noch immer stand und sich nicht wegbewegte.

Das geht nicht gut, sagte Robert.

In diesem Augenblick trat ein blonder Junge auf uns zu.

Wir kommen von der Karl-Marx-Universität Leipzig, sagte er zu Robert, was wollen wir jetzt machen?

Robert wollte antworten. Ich sah, wie sich von der Ecke des Kinos drei Männer lösten und sich auf uns zu bewegten. Einer von ihnen war der Mann aus meiner Reihe. Sie hatten die Hände in den Manteltaschen und ließen uns nicht aus den Augen. Ich stieß Robert in die Seite und zeigte sie ihm.

Jetzt wirds heiß, sagte er, jetzt sind wir geliefert.

Mein Motorrad steht um die Ecke, sagte ich, schnell.

Wir stießen den Jungen zur Seite, drängten uns durch die Menge und rannten zum Parkplatz. Als der Motor ansprang, sah ich die drei Männer um die Ecke kommen. Ich legte den ersten Gang ein und fuhr direkt auf sie zu. Im letzten Moment sprangen sie zur Seite, ich bog in die Allee, und wir rasten hinunter.

Weiter, schrie Robert, raus aus der Stadt, irgendwohin, wo man mehr Luft kriegt.

In Neustrelitz hatten wir getankt, dann waren wir ohne Halt bis an die Küste gefahren, wo uns der Wind feucht entgegenschlug und wir uns ins Gras fallen ließen.

Sie werden mich nicht wieder gehen lassen, dachte ich. Was kann er ausgesagt haben. Was wollen sie in meiner Wohnung, wenn nicht etwas finden, das mit ihm zu tun hat.
Ich ging zum Fenster und sah auf den Innenhof: Polizisten wuschen einen Einsatzwagen und lachten laut. Ich ging zur Tür, öffnete sie und wollte eben auf den Flur treten, als der Polizist vor mir stand.
Sie sollen klopfen, wenn Sie hinauswollen, sagte er und schob mich zurück.
Bin ich verhaftet oder was ist los, sagte ich. Ich stellte den Fuß gegen die Tür.
Machen Sie keinen Unsinn, sagte er.
Ich will wissen, ob ich verhaftet bin. Wenn nicht, kann ich gehen, wohin ich will.
Gehen Sie zurück. Ich kann Ihnen keine Auskunft geben, wenn Sie von Ihrem Vernehmer keine erhalten haben.
Ich verstehe. Wenn Sie mir nicht sagen wollen, ob ich verhaftet bin, sagen Sie mir wenigstens, ob Sie wissen, was hier noch passieren soll.
Auch darüber kann ich Ihnen keine Auskunft geben, sagte er. Sie müssen selbst wissen, warum Sie hier sind.
Ich schloß die Tür und ging zu dem Hocker zurück. Ich setzte mich und versuchte mir vorzustellen, wie sie jetzt in meine Wohnung gingen, wie sie die schmutzigen Teller zur Seite räumten, die Bücher durchblätterten, die Schallplatten zur Seite stapelten:
Rolling Stones: Woher haben Sie die. Frank Zappa: Wer hat Ihnen das mitgebracht. Bob Dylan: Illegal eingeführt.

Ich sah sie vor den Briefen: Einige Damen werden Sie wohl vermissen, wie man Ihrer Korrespondenz entnehmen kann.
Ruhig atmen, dachte ich, wissen, was es mit ihm zu tun haben kann, bevor sie dich das nächste Mal holen. Jeden Tag mit ihm noch einmal ablaufen lassen wie einen Film. Keinen Punkt überspringen. Dich nicht überraschen lassen.

Wir waren eine Woche lang an der Küste von einem Ort zum anderen gefahren, um ein Zimmer zu bekommen. Ich hatte mich von einem Arzt krankschreiben lassen, und nachts lagen wir in den Strandkörben und sahen auf das Meer. Robert hatte mir erzählt, wie er exmatrikuliert worden war, und hatte zugehört, wenn ich von Grabow, Ramtur, Fastnacht, Kirsch, Rita und den anderen aus meiner Brigade gesprochen hatte.
Ich würds nicht aushalten, sagte er, jeden Tag um vier aufstehen, zwei Wochen Urlaub und vielleicht vier Wochen krank. Ich würde zum Hund werden.
Er legte sich zurück.
Das ist Leben, sagte er. So liegen, nachts, und das Meer vor dir. Die Gedanken durch den Schädel treiben lassen im Rhythmus des Bebop: sanft und kräftig. Das Klopfen in der Erde spüren und die Haut auf den Knochen. Lachst du.
Ich hör dir zu.
Hast du Freunde, sagte er.
Ich weiß nicht, sagte ich. Ich glaube, ich brauche keine.
Er stand auf, ging zum Ufer, lief ins Meer, bis das Wasser ihm an die Knie reichte und kam zurück.
Ich glaube, es gibt zwei Gründe für Freundschaft, sagte er, den Mangel und den Überfluß. So gibt es also auch zwei Sorten von Leuten: Die einen brauchen die Freundschaft, weil sie

dermaßen viel Nichts in sich haben, daß sie sich alles von anderen holen müssen, die anderen haben soviel in sich, daß es sie zerreißen würde, wenn sie nichts davon abgeben könnten. Die Scheißkerle mit dem Mangel brauchen meinen Überfluß, bis ihnen eine liebende Frauenhand übers Haar streicht und ihre Komplexe beruhigt. Das beunruhigt mich nur, weil ich nicht mehr weiß, wo ich dann meine Produktion absetzen soll. Die Mädchenhände, die mir durchs Haar streichen und meine Komplexe beruhigen, haben nichts mit meinem Verlangen nach Freundschaft zu tun. Wenn es funktionieren würde, Freundschaft und Bett unter einen Hut zu bringen, wäre die Sache erledigt. Aber wenn ich ein Körper war mit einem Mädchen, ist das Gefühl für Solidarität im Eimer.

Vielleicht, sagte ich, es macht mir keinen Spaß, so über Dinge nachzudenken.

Kannst du dir vorstellen, daß wir zusammen eine Frau haben, sagte er und drehte den Kopf zur Seite, so daß ich sein Gesicht nicht sehen konnte.

Wollen wir eine suchen, sagte ich und lachte.

Er sprang auf.

Gleich, rief er. I can get now satisfaction, grölte er über das Ufer und hüpfte von einem Bein auf das andere.

Morgen, sagte ich, überschlag dich nicht.

Sofort, schrie er, ich fahre.

Wir liefen zum Motorrad, das hinter den Dünen stand, und Robert versuchte zu starten.

Ich lern es nie.

Ich startete, und wir fuhren los.

Kennst du Blindekuh, rief ich nach hinten, als wir die Straße erreicht hatten.

Ich und du, blinde Kuh, und das ganze Volk macht Muh, rief er.

Quatsch, sagte ich und schaltete die Scheinwerfer aus. Ich zog den Gashebel bis gegen den Anschlag und wir rasten ins Dunkel.
Bist du lebensmüde, schrie er von hinten, mach das Licht an.
Die Schatten der Bäume rasten vorbei, und von weitem sah ich die Lichter eines Autos auf uns zukommen. Der Fahrer konnte uns nicht sehen und hielt den Wagen auf der Mitte der Fahrbahn. Robert krallte sich in meine Jacke. Ich konnte den Fahrbahnrand nicht sehen und hielt deshalb genau auf die Scheinwerfer zu.
Wo bleibt deine Philosophie, schrie ich, und der Wind zerrte mir jedes Wort von den Lippen. Ich spürte, wie sich sein Griff in meiner Jacke lockerte. Der Wagen konnte nur noch vierzig Meter entfernt sein, und wir rasten noch immer genau auf ihn zu.
Deine Abschiedsansprache, brüllte ich, aber Robert antwortete nicht.
Wir schossen noch immer auf die Scheinwerfer zu. Ich konnte den Fahrer am Steuer schon sehen, als ich das Gas etwas drosselte und mich auf die rechte Seite legte. Jetzt waren wir fast auf gleicher Höhe mit dem Wagen, und ich schaltete das Licht ein. Ich konnte sehen, wie der Fahrer den Kopf herumriß, dann spürte ich den mächtigen Sog des Wagens auf meiner linken Seite. Wir waren vorbeigekommen, und ich hörte die Bremsen hinter mir quietschen. Als ich den Kopf wandte, sah ich den Mann aus seinem Auto steigen und die Arme erschöpft auf das Wagendach legen.
Ich bremste und hielt. Robert stieg ab und ging langsam auf einen Baum am Straßenrand zu. Er lehnte sich mit dem Rükken gegen den Stamm und sah mich an. Sein Gesicht war bleich, seine Stimme zitterte.

Warum hast du das gemacht.
Es hätte nichts passieren können, sagte ich und spürte, wie meine Oberschenkel zitterten. Du wolltest mir beweisen, was für ein Lappen ich bin mit meinen großen Sprüchen.
Schon gut, sagte ich.
Ich habs schon verstanden: Du bist der unkomplizierte Charakter, der dem Tod ins Weiße vom Auge sehen kann. Das war der Zweck der Übung.
Ich setzte mich ins Gras und steckte mir eine Zigarette an.
Vielleicht hast du recht, sagte er, tatsächlich zerspringt mir der Kopf von all den Theorien, Systemen und historischen Gesetzmäßigkeiten, die ich gelernt habe. Sie wollen unseren Blick auf die angeblich großen Dinge lenken, damit wir unsere eigenen Erfahrungen nicht ernst nehmen. Wir dürfen auf die Barrikaden gehen, wenn es um Musik geht oder um Frisuren oder um Hosen. Das schadet keinem, und nach einer Weile werden wir die Tür einrennen, die sie angelehnt haben, und wir werden auf der Nase liegen. Dann werden wir von dieser leeren Gegend in unseren Herzen sprechen wollen, aber sie werden mit großer Geste auf das Leid in Indien weisen und uns Kleingeister nennen. Nichts trifft sie mehr, als wenn wir beginnen, über unsere Erfahrungen zu reden so laut, wie sie über ihre und die Leute in Indien über den Hunger. Ich hab es von dir gelernt. Du redest über nichts, was du nicht kennst.
Dein großer Kniefall vor dem einfachen Menschen, sagte ich und lachte.
Das ist nicht komisch, sagte er. Sei froh, daß du anders bist als ich. Leute wie ich bleiben ein Leben lang in der Pubertät, weil sie immer für oder gegen den großen Papa sind. Und das ist, was der große Papa will.
Ich hörte ihm zu. Seine Stimme klang wie von weit entfernt,

und ich war froh, daß er nicht wußte, wie genau ich die Gefühle kannte, von denen er sprach.
Als ich exmatrikuliert worden war, erzählte er, habe ich sechs Wochen im Rhinluch gearbeitet, bei der Wiesenentwässerung. Unser Brigadier hieß Schackerbilly, das heißt, wir nannten ihn so, weil er ständig angerannt kam und schrie: Hier wird nicht gepennt, hier wird geschackert. Die Hitze im Rhinluch war drückend und schwer. Die Luft war trocken, und wir waren schon um fünf Uhr früh in die Gräben gegangen, als auf den Straßen noch kein Staub lag. Ich arbeitete in der Kolonne, die die Faschinen am Rand der Gräben einsetzte. Wir standen bis zur Hüfte im schmutzigen Wasser und schlugen mit schweren Hämmern die Pflöcke ein. Schackerbilly trieb uns an, und in der ersten Zeit arbeiteten wir nur, wenn er zu sehen war. Er trug Stiefel, die die Beine bis zum Oberschenkel bedeckten, und uns lief das braune Wasser in die Schuhe. Ausziehen konnten wir sie nicht, denn der Grund war von Wurzeln verknotet. Acht Mann arbeiteten in der Kolonne. Mit der Zeit gewöhnten wir uns an die Hitze und an den Rhythmus der Arbeit. Je weiter wir vom See wegkamen, desto weniger Mücken gab es, und die Arbeit wurde ertäglicher, aber nicht leichter. Schackerbilly hatte sich seine Kolonne ausgesucht aus den etwa sechzig Neuangekommenen. Als er uns zum ersten Male testete, traf ich ein paar Mal mit dem Hammer nur den Rand des Pflocks und rutschte ab. Das Wasser spritzte auf. Schackerbilly sprang in den Graben, packte mich am Hemd und schrie: Wenn du beim nächsten Mal nicht triffst, du schlapper Hund, schick ich dich zurück zum Ausbaggern! Er schlug mir mit voller Kraft in die Rippen und etwa dreißig bis vierzig Leute standen herum, um zu sehen, wie ich wieder danebenschlug. Ich hob den Hammer weit in die Luft und spürte, wie alle auf den

schon zerspaltenen Pflock starrten. Der schwere Hammer pfiff durch die Luft, und der Pflock zwängte sich bis weit unter den Wasserspiegel in den Boden. Na bitte, sagte Schakkerbilly. Von dem Tag an saß ich mit ihm Nacht für Nacht vor der Scheune, in der wir schliefen, und er erzählte. Mit fünfzehn Jahren war er von zu Hause weggegangen, um Matrose zu werden. Er war nicht mal bis an die Küste gekommen. Das Geld reichte nicht, und er ging in den Westen. Dort kaufte er sich in einem großen Kaufhaus einen zu großen Anzug in der Hoffnung, er werde noch wachsen. Ich sehe ihn, wie er am Wochenende in diesem zu großen Anzug auf sein Fahrrad stieg, um zu seiner Frau zu fahren. Er hatte drüben im Bergwerk gearbeitet und mit seiner Frau zwei Kinder gehabt. Beim Butterschmuggel aus Holland war er von der Polizei gefaßt worden und kam ins Gefängnis. Immer, wenn er von Holland sprach, zeigte er mir seine Fotos von den kleinen weißen Häusern an der Grenze, mit den bunten Dächern. Im Gefängnis arbeitete er in einem Hochofen, bei der Entschlackung. Es war heiß dort, denn fünfzehn Zentimeter unter der Schlacke lag Glut. Schackerbilly erzählte, und wir tranken in der warmen Nacht kühles Bier, aßen frisches Brot mit Schmalz. Vor seiner Haft hatte er im Bergwerk einen schweren Unfall und war fünf Tage und Nächte in der Grube eingeschlossen. Schackerbilly erzählte, wie er auf den Atem seiner vier Kollegen gehört hatte, der immer leiser wurde, und er sagte, daß er oft davon träume, daß einer von den vieren ihn auffressen wollte. Dabei lachte er und zeigte zwei Reihen falscher weißer Zähne. Die echten hatte er bei Prügeleien verloren. Als er aus dem Gefängnis herausgekommen war, hatte seine Frau ihn verlassen, er war in die DDR zurückgekommen, war zur Entwässerung der Felder ins Rhinluch geschickt worden und hatte wieder geheiratet. Oft war

er traurig, und wenn er am Montag früh von seiner Frau kam, legte er sich ins Gras neben den Graben und schlief. Mittags, wenn die Sonne senkrecht über den feuchten Feldern stand, legten auch wir uns auf den Rücken, und die Felder waren schwarz in den Pausen von Arbeitern und Mädchen, die aus den Gräben gekrochen waren. Ich lag in diesem Menschenhaufen und dachte, daß ich lieber so alt wäre wie Schackerbilly und das Leben schon hinter mir hätte.
Robert stand auf, zog sich aus und lief über die Dünen zum Wasser. Ich überholte ihn, kam ein ganzes Stück vor ihm an der Boje an und kraulte zurück. Das Wasser war klar und kalt. Als ich am Strand angekommen war, lief ich zum Strandkorb, um mich anzuziehen. Robert war verschwunden, ich rief, aber er antwortete nicht. Ich zog mich wieder aus und lief hinein, kraulte bis zur Boje zurück, aber er war nicht da. Dann lief ich zum Motorrad zurück. Er lag neben dem Baum und schlief. Ich legte mich auf die andere Seite des Baumes und schlief ein. Mitten in der Nacht wachte ich auf. Neben mir lag ein Zettel: Um eins am Lautsprecher. Ich schlief wieder ein. Am nächsten Tag fuhr ich zum Strand. Um drei Uhr kam er. Ich sah ihn über den Sand gehen und mit den Armen in die Luft greifen, während er sprach, und ich sah, daß er wahrmachen wollte, was er beschlossen hatte. Neben ihm lief ein Mädchen und lachte über seine großen Worte: Sophie.

Ich hörte Stimmen auf dem Flur. Die Tür wurde geöffnet, und der Vernehmer trat ins Zimmer. Er kam herüber und setzte sich auf den zweiten Hocker.
So geht es nicht, sagte er und sah mich an.
Er muß Ihnen etwas davon gesagt haben.
Wovon, fragte ich.

Er stand auf und begann im Zimmer umherzugehen. Es schien, als habe er meine Frage nicht verstanden. Plötzlich blieb er stehen und drehte sich zu mir.
Sie haben doch sonst nichts ausgelassen, was man zusammen machen kann, sagte er.
Ich weiß nicht, wovon Sie sprechen.
Er lachte.
Sie wissen es ganz genau. Schließlich haben Sie sogar die Frau geteilt.
Als ich nicht antwortete, fügte er hinzu:
Ich habe Ihnen doch gesagt, daß wir nicht untätig sind.
Schon gut, sagte ich.
Er setzte sich wieder auf den Hocker und beugte sich nach vorn.
Sehen Sie, solche Sachen interessieren uns nicht. Obwohl sie im Gegensatz zu den Normen unseres gesellschaftlichen Lebens stehen, wie man so sagt.
Er lachte wieder, aber in seinem Lachen war mehr Müdigkeit als Freude über den Erfolg. Plötzlich brach er ab und sagte ernst:
Er muß Ihnen gesagt haben, daß er den Plan hatte, die Staatsgrenze illegal zu überschreiten. Er muß Ihnen gesagt haben, daß er eine Stelle kennt oder einen Grenzpolizisten, der ihm das ermöglicht.
Das wars also, sagte ich.
Ja, sagte er.
Ich sah zum Fenster.
Warum fragen Sie ihn nicht selbst.
Er antwortete nicht.
Ist er im Westen, fragte ich und sah ihn an. Nach einer Pause antwortete er.
Nein.

Warum fragen Sie ihn dann nicht selbst.
Das werden Sie früh genug erfahren, sagte er und stand auf.
In diesem Augenblick wußte ich, daß Robert tot war. Mir schien jetzt, als hätte ich es schon gewußt, als sie mich abholten, als hätte ich die ganze Zeit in diesem Zimmer an einen Toten gedacht.
Bin ich verhaftet, fragte ich.
Das wird sich entscheiden, wenn die Haussuchung und einige andere Dinge abgeschlossen sind. Kommen Sie mit.
Wir gingen über den Flur. Der Polizist folgte uns. An der gegenüberliegenden Seite öffnete der Vernehmer eine Tür und wies ins Zimmer.
Hier, sagte er.
An einem Tisch unter dem Fenster saß ein grauhaariger Mann und sprang auf, als er den Vernehmer sah.
Bleiben Sie sitzen.
Zu Befehl, sagte der Alte.
Ich ging zum Tisch und setzte mich auf den zweiten Hocker. Der Polizist schloß die Tür, und ich war mit dem Alten allein. Er stand noch immer und sah mich an.
Zeuge, fragte er, setzte sich, und ich konnte die Brandnarbe unter seinem Ohr sehen.
Ich auch, sagte er, Kriegsverbrecher.
Er schien eine Antwort zu erwarten, und als ich nichts sagte, fügte er hinzu:
Sie haben einen Kriegsverbrecher verhaftet, und ich soll in der Sache aussagen.
Ich habs verstanden, sagte ich.
Ich versuchte an Robert zu denken, aber mein Gehirn war leer. Es wird alles schriftlich festgehalten, sagte er, hast du schon mal einen Kriegsverbrecher gesehen.
Er sah mich an.

Ich hab mit einem geredet, sagte er stolz, ganz zufällig. Fast dreißig Jahre haben sie ihn gesucht, und jetzt haben sie ihn. Weil ich die Geschichte weitererzählt habe. Er hatte einen falschen Namen, und sie hätten ihn nie gekriegt, wenn ich die Geschichte nicht weitererzählt hätte. Es war so:

Vor zwei Monaten, ich hatte mich mit meiner Frau gestritten, fuhr ich mit dem Fahrrad in den Park. Ich dachte darüber nach, was meine Frau gesagt hatte und was ich am besten tun könnte. An sich streite ich mich mit meiner Frau nicht oft, aber wenn es schon mal vorkommt, gehe ich. Irgendwohin. Das wirst du auch noch mitkriegen. Aber das wollte ich nicht erzählen. Ich sitze also auf der Bank, schon ungefähr eine Stunde, und will gerade gehen, als von den Neubauten her ein Mann kommt. Er war bestimmt schon eine ganze Weile gegangen, und er atmete schwer. Er hinkte mit einem Bein etwas nach, und später, als er ging, sah ich, daß er ein Holzbein hatte.

Der Alte machte mit seiner Hand eine Bewegung oberhalb des Knies.

Ich finde es vernünftig, wenn Leute, die nur ein Bein haben, sich ein Holzbein anfertigen lassen. Es sieht hygienischer aus. Früher, gleich nach dem Krieg, hat man noch eine ganze Menge Männer gesehen, die sich ihr Hosenbein mit einer Sicherheitsnadel festgesteckt haben. Ich komme also mit dem Mann ins Gespräch. Er war nicht viel älter als ich. Nach einer Weile erzähle ich ihm von dem Streit mit meiner Frau. Du wirst vielleicht denken, einem Fremden tischt er gleich intime Geschichten auf. Ich will dir nichts von meiner Frau erzählen, aber wenn du sie kennen würdest, könntest du verstehen, daß ich sie loswerden mußte.

Er lachte.

Die Geschichte meine ich natürlich. Der Mann saß die ganze

Zeit da und sagte nichts. Ich wußte nicht einmal, ob er mir überhaupt zuhörte. Später unterhielten wir uns über andere Dinge, und er sagte, daß er bei der Post arbeitet, in einem Zeitungskiosk. Ich sagte ihm, daß meine Frau traurig darüber ist, daß wir keine Kinder haben. Natürlich erzählte ich ihm nicht alles, aber damit er die Geschichte mit meiner Frau begreift, mußte ich ihm natürlich sagen, daß sie immer gern Kinder gehabt hätte und ich nichts davon halte.
Er lachte wieder und rieb den Daumen gegen den Mittelfinger.
Verstehst schon: Geldfrage. Na, jedenfalls, immer wenn meine Frau davon redet, fängt sie an zu heulen. Ich sagte ihr, erstens ist es deine Schuld, und zweitens find ich's gar nicht schlecht. Das sagte ich auch dem Mann. Er hatte mich die ganze Zeit merkwürdig angesehen und plötzlich fing er an zu reden. Es lief aus ihm heraus wie Wasser. Als hätte er seit 30 Jahren auf diesen Moment gewartet. Er wäre im KZ gewesen: Wachmannschaft. Irgendwie hatte ich mir sowas gleich gedacht. Dort hätte die SS eines Tages aus den Baracken zwölf Jungen rausgeholt, sechs polnische und sechs jüdische. Dazwischen erzählte er noch, wie es im KZ war, aber da geht es dir ja sicher so wie mir: Das kennt man ja. Ein Scharführer hat die Kinder auf einen Berg gebracht. Ja, ich glaube, ein Scharführer war's oder war's ein Oberscharführer? Ist ja auch egal. Die Wachmannschaft war dabei. Jedenfalls soll der Scharführer die Kinder gefragt haben, ob sie gern tauziehen, und alle haben Ja gerufen. Da hat er sie ein Stück weiter geführt, an eine schmale Schlucht. Nur eineinhalb Meter breit, aber an die zwanzig Meter tief. Die Jüdischen hat er dann nach rechts und die Polnischen nach links geschickt und das Seil, das er mitgebracht hatte, genau ausgemessen und über die Schlucht gelegt.

Der Alte zündete sich eine Zigarette an und hustete beim ersten Zug.
Der Mann hat nicht mehr aufgehört zu erzählen. Er hat vor sich hingestarrt und geredet. Er sagte, daß der Scharführer die sechs Judenjungs und die sechs Polnischen mit den Händen an den Strick gebunden und gerufen hat: Los, mal sehen, wer stärker ist! Pack oder Pack, Jud oder Pole! Sie standen sich gegenüber und waren fest am Strick. Dann fingen sie an zu ziehen, und die Polnischen waren stärker und zogen die Jüdischen immer näher den Abhang heran. Der erste Jüdische rutschte aus, die Polnischen riefen und zogen stärker. Der Scharführer hat wohl auch gerufen. Und dann rutschte der erste Jüdische in die Schlucht. Sie waren alle an die sechs Jahre alt, hat mir der Mann erzählt. Bei den Polen waren ein paar ältere dabei, und als der letzte Jude in der Schlucht hing, rutschten auch die Polnischen immer näher heran. Dann versuchten sie, die Judenjungen hochzuziehen und schrien. Schließlich sind sie alle zusammen in die Schlucht gefallen. Der Mann hat noch gesagt, daß sich alle Jungs am Anfang gefreut haben, wenn sie die andern ein Stück näher an die Schlucht gebracht hatten.
Der Alte beugte sich vor.
Ein bißchen unwahrscheinlich klang die Geschichte ja. Außerdem dachte ich natürlich nicht, daß keiner von der Sache weiß. Vielleicht hat er es nicht mehr ausgehalten. Man kann das verstehen. Ich habe die Geschichte meiner Frau erzählt und den Kollegen. So muß es irgendwann an die richtige Stelle gekommen sein, und sie haben ihn gefunden. Er war kein großes Tier, aber für ein paar Jahre wird es reichen, haben sie gesagt. Was meinst du.
Er drückte die Zigarette aus und sah mich an.

Was soll ich dazu meinen, sagte ich, willst du hören, daß du der Größte bist.
Idiot, sagte er.
Er drehte sich auf dem Hocker, lehnte sich gegen die Wand und schloß die Augen.
Ich versuchte an Robert zu denken und mir vorzustellen, wie er tot auf dem Pflaster liegt, aber die Bilder verschwammen vor meinen Augen. Ich hörte die S-Bahn von fern und war sicher, daß sie mich nicht mehr gehen lassen würden. Sie wissen alles. Sogar die Sache mit Sophie wissen sie.
Robert hatte sie in einem Hotel kennengelernt, nachdem er nachts weggegangen war. Sie arbeitete dort als Saisonkellnerin, und er hatte ihr bei der Abrechnung geholfen. Sie hatte 180 Mark Trinkgeld bekommen von einer Gesellschaft, die den letzten Tag ihrer Ferien begoß. Robert hatte ihr von mir erzählt und sie zum Strand mitgenommen. Sie kamen auf mich zu und lachten, als sie mich in meiner zu großen Kutte unter der Sonne im Sand liegen sahen.
Sophie, sagte sie. Du brauchst mir von dir nichts mehr zu erzählen. Der verrückte Typ da hat mir schon mehr Geschichten über dich verpaßt, als du wahrscheinlich selber kennst.
Sie ist das, was wir suchen, sagte Robert, zog fünf Flaschen Korn unter dem Hemd hervor und warf sie neben mich in den Sand.
Fang nicht schon wieder davon an, sagte sie und lachte. Ich sah das Rot ihrer Haare, von dem ich bis zum letzten Tag nicht erfuhr, ob es aus der Kopfhaut oder aus der Tube stammte.
Ich hab ihr von unserem Plan erzählt, sagte Robert, aber sie meint: Kein Mann ist besser als zwei.
So ist es, sagte sie.

Zuviel Verkehr schadet der Gesundheit, denkt sie und sie muß es wissen. Ab September ist sie Krankenschwester.
Ich dachte, er fängt es geschickter an, sagte ich und sah sie an.
Sie lachte wieder.
Ins Wasser, damit eure Hitze abgekühlt wird.
Sie warf ihre Schuhe in den Sand, wir zogen uns aus und liefen ins Meer. Am Abend tranken wir den Korn und gingen zusammen zu dem Haus, in dem Sophie ein Zimmer gemietet hatte.
Der Vermieter war ein alter Schneider, der jeden Abend trank und ihr dann den Schlüssel gab. Als wir zum ersten Mal mit ihr um halb zwei in der Nacht in die Kneipe gingen, schrie er uns an:
Ihr braucht euch nicht einzubilden, daß ihr da mitpennen könnt, ihr Schweine. Ihr denkt wohl, ich mache die Puffmutter, was?
Nachdem er bezahlt hatte, waren wir losgegangen. Er wankte voraus und lallte vor sich hin:
Bin doch keine Puffmutter, du Schwein.
Vor der Haustür drehte er sich um und sagte:
So, jetzt knutscht euch noch mal, und dann bring ich das Fräulein rein, und ihr geht nach Hause.
Dann drehte er sich um, und Sophie flüsterte mir ins Ohr, daß wir auf den Hof gehen sollten, während er sie ins Zimmer brachte. Wir warteten, bis ihre Schritte im Haus waren. Dann liefen wir in den Hof.
Hören Sie mal zu, junges Fräulein, hörten wir aus dem Zimmer, wenn Sie hier ein Bordell eröffnen wollen, suchen Sie sich einen anderen Dummen. Mit mir geht das nicht.
Der Schneider schrie weiter, und ich hörte, wie etwas auf den Boden polterte. Dann wurde es ruhig, die Haustür fiel zu.

Sophie öffnete das Fenster, und wir kletterten hinein. Robert setzte sich auf das Fensterbrett, ich legte mich auf das Bett. Sophie erzählte von ihrem Sohn, der drei Jahre alt war, und von dessen Vater, einem schwedischen Matrosen, der ihm einmal einen weißen Anzug geschenkt hatte. Sie sprach mit dem harten Küstenakzent und erzählte von ihrer großen Liebe, einem Zirkusartisten, dem sie ein halbes Jahr nachgefahren war. Er hatte sie geschlagen, und sie zeigte uns die Narbe über ihrem Auge. Robert sah sie an und schob die Hände über den Tisch, und sie sagte, daß wir nicht hätten hereinkommen dürfen. Die ganze Nacht erzählte sie uns in dem schmalen dunklen Zimmer ihre langen Geschichten. Ich sah sie auf dem Bahnsteig, dem Artisten winkend, ihren Sohn auf den Knien halten, ihren Sohn suchend, um ihren Sohn weinend. Auf dem Hof miaute eine Katze.

Später, als der Schneider uns hinausgeworfen hatte, zogen wir durch die warmen Sommernächte und erzählten uns wirre Geschichten. Wenn ich zum Arzt ging und meine Krankschreibung verlängern ließ, setzten sie sich an den Strand und schrieben lange Briefe an mich, und an den Abenden gingen wir in den riesigen Saal auf dem Kreidefelsen zum Tanz.

Am Wochenende sollte dort der Sängerwettstreit stattfinden, und Sophie überredete uns mitzumachen. Das Geld war ausgegangen, und sie meinte, Robert und ich könnten zumindestens eine Flasche Wein gewinnen.

Wir stiegen durch das Toilettenfenster ein, gingen in Abständen von drei Minuten in den Saal und setzten uns an verschiedene Tische, um den Eindruck zu erwecken, schon seit Beginn der Veranstaltung im Saal gewesen zu sein.

Auf der Bühne stand eine von den Beat-Gruppen, von denen es in diesem Jahr Hunderte an der Küste gab. Sie schlugen

hart auf ihre Instrumente ein. Vor ihnen tobte eine schwitzende Menge, und hin und wieder schrie der lange Baßgitarrist ein paar unverständliche Worte ins Mikrophon, worauf ein paar Leute im Publikum den Arm hochrissen und ja schrien. Ich saß am Tisch einer dicken Blondine, die an ihrem Täschchen nestelte und nach der Tür sah. Sie hatte wulstige rote Lippen und eine Nofretetekette um den Hals. Nervös trommelte sie mit den lackierten Fingernägeln auf die Tischplatte. Nachdem ich sie gefragt hatte, ob sie mir für einen Tanz ein Bier spendiere, schrie sie mich an, ich sollte verschwinden. Ich fragte sie, ob sie aus Schweden käme und Schuhplatteln könne, aber sie drehte sich weg. Robert saß in der Ecke und übte Griffe auf einer Gitarre. Sophie hatte sich zu einem Ehepaar gesetzt und spielte die Tochter. Die Musik brach ab, und ein großer Ansager mit kleinem Kopf trat ans Mikrofon und sagte mit hoher Stimme:
Verehrte Herrschaften. Wir kommen jetzt zum Höhepunkt des Abends: dem Sängerwettstreit. Alle sangesfreudigen Damen und Herren bitten wir, keine Scheu zu haben und uns ihr Lied und ihren Namen zu melden. Unser Melodiegitarrist wird sie nach Wunsch auf der Gitarre oder auf dem Flügel begleiten. Nur Mut, wenn der erste sich nicht traut, fängt eben gleich der zweite an.
Danach ließ er ein schrilles Wiehern vernehmen und ging mit großen Schritten von der Bühne. Als er die Bühne schon halb verlassen hatte, drehte er sich noch einmal um und ging zum Mikrofon zurück:
Für die sechs besten Sänger steht je ein Fläschchen Wein bereit.
Ist zwar kein Fernsehen da, sagte Robert, aber singen können wir trotzdem.
Drei Mädchen sangen nacheinander Folklore aus Südame-

rika und mir schwitzten vor Aufregung die Hände. Dann kam der Ansager auf die Bühne und kündigte uns an. Robert und ich gingen nach vorn, und Robert sagte ins Mikrofon: Wir hätten gern mit dem Conferencier im Trio gesungen. Da wir aber für seine Stimmlage keine Verwendung haben, begnügen wir uns mit einem Duo.

Dann trat ich mit friedlicher Miene nach vorn und sagte: Under the boardwalk, zu deutsch Hoch auf dem gelben Wagen.

Robert begann zu spielen, und ich fiel mit dem falschen Ton ein. Robert hörte auf zu singen, und ich krähte weiter. Nach jeder Strophe schrie ich in den Saal:

Und jetzt alle! Every body sing! Wsje pojut!

Nichts rührte sich. Nach unserer Darbietung war nur vereinzelt Klatschen zu hören. Robert hatte einen roten Kopf, weil er die ganze Zeit sein Lachen unterdrücken mußte. Nach uns kamen noch drei Männer und eine Frau, die eine Opernarie sangen. Dann trat wieder der Ansager ans Mikrofon und forderte alle Beteiligten und einen Unparteiischen auf, zur Bühne zu kommen. Sophie lief nach vorn, wurde als Schiedsrichter akzeptiert und bekam die Stoppuhr. Robert und ich nahmen neben den vier Mädchen und den drei Herren Aufstellung. Wir bekamen eindeutig den wenigsten Beifall, aber Sophie setzte uns mit vierundzwanzig Sekunden sechs Sekunden vor die Opernsängerin, obwohl es umgekehrt gewesen war. Dann nahmen wir unsere Flasche Wein in Empfang. Ich tanzte mit der Blondine, um ihr zu erzählen, daß ich aus Argentinien käme. Schließlich glaubte sie mir und wollte meinen Chevrolet sehen. Ich gab Sophie und Robert ein Zeichen, und wir verschwanden wieder durch das Toilettenfenster. Wir setzten uns an den Strand, und ein salziger Geschmack war auf meiner Zunge. Das Meer lag ruhig,

und von weitem hörten wir das Geschrei der Tanzenden aus der Gaststätte.
Die Helden sind müde, sagte Sophie.
Du hast gut reden, sagte Robert, mit der Stoppuhr ist es keine Kunst.
Ich hob eine Zeitung aus dem Sand. Sie war von Fett durchtränkt. Kampf um die Sicherung des Friedens wichtigste Aufgabe unseres Staates, las ich.
Amen, sagte Robert.
Ich schlug die letzte Seite auf.
Konzert. Morgen findet im Friedrichstadtpalast das angekündigte American Folk Blues Festival statt. Die Künstler, Kämpfer gegen die Rassendiskriminierung, sind gestern in unserer Hauptstadt …
Du spinnst, sagte Robert.
Lies selbst.
Er riß mir die Zeitung aus der Hand, sah hinein und sprang auf.
Jetzt kommt das beste, schrie er.
So wie heute abend. Sophie lachte.
Bist du verrückt, schrie er, wir müssen hin. Dieses Meer geht mir auch schon auf die Nerven.
Er hat recht, sagte ich, wir müssen hin. Every day I have the blues.
Jawohl, schrie Robert.
Wir sprangen vor ihr herum, ließen sie Big Bill Broonzy hören, beschworen Charlie Parker herauf, führten sie auf die staubigen Wege des Be-bop, flüsterten ihr Dylan-Texte ins Ohr, ließen uns auf Bach zurückfallen und probierten den großen Sprung zur ersten Stones-LP und weiter über TIME IS ON MY SIDE und PLAY WITH FIRE zu SYMPATHY FOR THE DEVIL, lästerten über Procul Harum und Pink Floyd

und krönten John Mayall, HEY JOE, Simon und Garfunkel und Eric Burdon. Sophie saß im Strandkorb, bog sich vor Lachen und faltete die Hände.
Am nächsten Morgen trampten Robert und Sophie nach Berlin, ich fuhr mit dem Motorrad hinterher. Wenn sie abgesetzt worden waren, setzten wir uns in den Straßengraben und redeten. Zehn Minuten vor sieben standen wir vor dem Friedrichstadtpalast.
Laßt mich machen, sagte Robert und verschwand im Bühneneingang. Nach fünf Minuten kam er mit drei Karten heraus:
Ab heute sagt keiner mehr was gegen die Damen vom Ballett.
Wir gingen hinein und setzten uns in die aufgeregte Menge. Als es begann, spürte ich die Elektrizität im Saal, und mir schien, als müsse er jeden Augenblick auseinanderplatzen. Sie kamen nacheinander und ließen das Gewitter auf uns niederfallen: Otis Rush und der blinde Sleepy John Estes, Yank Rachel, der ihn als Blindenführer über die Straßen des Südens geführt hatte und seine Mandoline im Arm hielt wie ein Baby, Big Joe Turner aus Kansas City, der Blues-Shouter, Jack Myers, der uns mit den Trommeln durch alle Höllen jagte, und schließlich Pete Williams. Ich sah ihn auf der Bühne stehen, fast ängstlich über das Mikrofon gekrümmt, und ich hörte LOUISE, und es zerriß mir alles, was ich gedacht und gefühlt hatte. Er trieb mich mit wilden Schlägen über die Baumwollfelder bis ins Angola State Prison. Dort sah ich ihn sitzen hinter der Eisentür mit der Gitarre aus Zigarrenkisten, angeklagt wegen Mordes und auf das Ende seines Lebens wartend, und jetzt stand er hier mitten in diesem kleinen geteilten, erschöpften Deutschland und schlug uns mit seinen sanften Griffen in die Gitarre

unsere Hilflosigkeit um die Ohren. Ich sah Robert und Sophie still neben mir sitzen und ich sah den fünfzigjährigen Neger vor ihnen stehen und sie lehren, daß alle unsere Worte längst gefressen sind von den Schweinen der Geschichte, daß unsere alte Sprache längst vermodert ist in unseren Mündern.

Nach dem Konzert gingen wir an die Mauer.

Ich habe sie mir höher vorgestellt, sagte Sophie.

Wir gingen zum Alexanderplatz zurück und sangen: Es steht ein Haus in Halb-Berlin, und Robert sagte ihr, daß alle Dinge ganz sind, Westberlin und Ostberlin und Ganzberlin und halb Du und halb Du und ich. Alle Dinge sind ganz, und wenn man sie teilt, werden sie wieder ganz.

Als ich jetzt an die Mauer dachte, war sie für mich das Ende, und für Robert war sie nicht das Ende und darum war sie für ihn das Ende.

Wir waren in die Schönhauser Allee gefahren, wo Robert ein Zimmer bei einer Rentnerin hatte, die früher außerhalb Berlins gewohnt hatte und deren Sohn von einer Mühle gestürzt war. Sie war jetzt allein und wollte sich in Berlin einen großartigen Lebensabend machen.

Wir legten uns nebeneinander ins Bett und sahen an die Decke.

Als ich in der Schwesternschule war, sagte Sophie, hatten wir einen Dozenten, der Baumann hieß. Er gab Biologie und war mit einer Dolmetscherin verheiratet. Damals war ich achtzehn. Seine Frau hieß Gertrud, und sie hat mir gesagt, daß ich lernen müßte, und ich dachte, daß sie das Studium meinte, und verstand nicht, warum sie es mir sagte. Weißt du, sagte sie oft zu mir, als Frau muß man aufpassen, daß man beim ersten Mal an den Richtigen kommt. Einmal, an einem Sonntag, ging sie dann und ließ Baumann und mich allein in der Wohnung. In der Tür drehte sie sich noch einmal um und sagte, während sie mich und ihren Mann ansah: Laß mal, Mädchen, keine Angst, es wird schon alles gut. Er war mein erster Mann. Nach zwei Stunden kam sie zurück, sah mich an und sagte: Es ist alles gut. Ich bin nie wieder hingegangen.

Der Alte hatte die Augen noch immer geschlossen.
Ich stand auf, ging zum Fenster, sah in den Innenhof und versuchte daran zu denken, wie wir nackt im Bett gelegen hatten, als es hell wurde und Sophie mich gestreichelt hatte und Robert sie geküßt hatte, wie er aufgestanden war, sich neben das Bett gekniet und uns zugesehen hatte, wie weich mein Körper geworden war in ihrem, wie ich mich dann auf das Fußende gesetzt und in ihr Gesicht gesehen hatte und unter Roberts langen blonden Haaren, als die Wände zitterten von den Flugzeugen, die über das Haus flogen, wie sie ihren Kopf in Roberts Schoß legte, später, auf dem Fußboden, und meinen Kopf in ihren Schoß preßte, wie sie sich von uns streicheln ließ und plötzlich zu lachen begann, wie wir uns wälzten vor Lachen, wie wir jedesmal erstarrten, wenn die Haustür geöffnet wurde und die Leute zur Arbeit gingen.

Am nächsten Tag fuhren wir nach Potsdam. Robert zeigte uns Sanssouci, ging als König Friedrich und als Stalin vor uns her durch die preußische Geschichte, und nachts schliefen wir umarmt im Park ein.
Am vierten Morgen erzählte uns Robert seinen Traum:
Ich ging zu meinem Vater und kam mit ihm in Streit. Er zog

seine Pistole und wollte mich erschießen. Ich nahm ihm die Pistole mühelos aus der Hand und erschoß ihn. Ich trug die Leiche durch die Stadt und lehnte sie gegen eine Mauer. Dann ging ich nach Hause und hatte zwei Stunden später alles vergessen. Am nächsten Tag wurde bekannt, daß mein Vater tot ist. Ich ging zu seiner Wohnung, aber sie war versiegelt, und das Foto eines fremden Mannes hing an der Tür. Nun wußte ich, daß diese Wohnung nicht die Wohnung meines Vaters war und dachte für einen Augenblick: Du hast gestern einen Fremden ermordet. Als ich auf die Straße kam, sah ich das Überfallkommando der Polizei die Straße herunterfahren. Ich hörte im Gehen, daß mein Vater am Herzschlag gestorben ist. Ich fragte mich, warum die Polizei dann den Mörder sucht. Wieder vergaß ich alles und wachte auf. Ich dachte, zum Glück ist das alles nicht wahr, aber jemand sagte mir, daß ich nicht geträumt habe. Ich traf Sophie und erzählte ihr, daß ich jemanden ermordet habe und zwei Stunden später alles vergessen hatte. Ich fragte sie, ob ich verrückt bin, und sie sagte: Das weiß ich schon lange. Ich sagte ihr lächelnd, daß ich mir immer gewünscht habe, verrückt zu werden, aber jetzt ist es grauenhaft, weil ich alles vergesse, was ich zwei Minuten vorher gefühlt oder gemacht oder gedacht habe. Sophie lächelte, und wieder wachte ich auf. Wieder war ich erleichtert, aber wieder sagten mir alle, daß ich ein Mörder bin, der den Paragraphen 51 bekommt, wenn er Glück hat. Mir fiel ein, daß ich eine Mädchenbluse und Jeans am Tatort zurückgelassen hatte, und ich holte sie aus der Wohnung, die jetzt wieder die Wohnung meines Vaters war. Ich versuchte immer darüber nachzudenken, ob ich nicht vielleicht alles geträumt und den Traum einem erzählt habe, der jetzt die Stadt gegen mich aufhetzt und sich einen Witz mit mir macht. Dann wachte ich auf.

Ich lachte. Plötzlich sah ich, daß Robert Tränen in den Augen hatte.
Sophie stand auf. Den Traum hast du dir ausgedacht, sagte sie.
Was ist los, sagte Robert, du spinnst wohl.
Sie drehte sich um:
Du hast dir diesen Traum Wort für Wort ausgedacht.
Laß ihn doch, selbst wenn er ihn sich ausgedacht hat, sagte ich und stellte mich auf einen Baumstamm.
Gib zu, daß du dir das ausgedacht hast, sagte sie.
Was ist los mit dir, fragte ich sie, und erst jetzt wurde mir bewußt, daß wir beide nackt vor Robert standen.
Mit mir ist nichts los, sagte sie, ich will nur, daß er zugibt, daß er eine Show nach der anderen abzieht. Als du beim Arzt warst, hat er mir erzählt, daß sein Vater bei der SS war und von den Russen nach dem Krieg erschossen wurde. Drei Tage später habe ich in seinem Lebenslauf gelesen, daß sein Vater ein Leben lang Postangestellter war und 1950 an Lungenentzündung gestorben ist.
Scheiß drauf, sagte ich.
Ich habe das geträumt, sagte Robert und sah sie an. Warum glaubst du mir nicht, schrie er und setzte sich auf. Warum soll ich dich anlügen?
Weil du dir selber Theater vorspielst, schrie sie zurück, weil du dir alles ansiehst wie Kino. Da, sie zeigte auf mich, da hast du dir einen geholt, der sich deine Sprüche anhört. Aber was machst du, wenn er in die Fabrik zurück muß. Und er muß zurück, denn er kriegt nicht alle vier Wochen einen Scheck von seiner Mutter wie du.
Laß mich aus dem Spiel, sagte ich, hier gehts um was anderes.
Es geht um nichts anderes, schrie sie, es geht darum, daß er

sich bescheißt, wie er dich bescheißt. Ich glaube ihm nicht mal, daß er exmatrikuliert worden ist.

Robert sprang auf.

Was ist los, schrie er, ich soll nicht exmatrikuliert worden sein?

Er griff in seine Jacke, riß ein Papier aus der Tasche und warf es ihr hin.

Lies vor, sagte er, laut.

Sophie nahm das Papier und las: Hiermit teilen wir Ihnen mit, daß Sie mit sofortiger Wirkung wegen Verhöhnung führender Staatsmänner der DDR exmatrikuliert sind.

Jetzt bist du aber stolz, oder, sagte sie.

Und du bist jetzt k. o., schrie er.

Was soll das Ganze, fragte ich.

Sie braucht einen Vorwand, schrie er. Zwei Männer im Bett sind zwar gut, aber nach einer Weile wird die Dame bürgerlich. Es ging ihr nur um den Anlaß.

Sophie begann zu weinen.

Das hat nichts mit bürgerlich zu tun. Es ist nur: Wir haben keine Chance. Er muß in den Betrieb zurück, ich muß zu meinem Sohn und ins Krankenhaus, und du wirst weiter herumrennen und dir was vorspielen.

Wir sprachen nicht und zogen uns an. Ich ging zum Fluß, um mich zu waschen, und als ich zurückkam, standen die beiden neben dem Baumstamm und küßten sich. Ich ging zurück zum See.

Am Abend wollten wir nach Berlin zurückfahren. Vor der Abfahrt sahen wir im Kino einen langen Film über die Revolution. Sie hielt meine Hand und schwieg. Als wir später zum Bahnhof gingen, merkte ich, daß ich meinen Ausweis verloren hatte. Ich lief durch die Stadt zurück und fand ihn am Seeufer. Plötzlich spürte ich die Müdigkeit in meinen Gliedern. Ich wollte mich für ein paar Minuten hinlegen, schlief ein und wachte erst in der Dunkelheit wieder auf. Die Straßen waren voller Menschen, als ich zurücklief. Ich stieß sie zur Seite, und sie fluchten.

In der Vorhalle des Bahnhofs waren alle Bänke leer. Die Zeitungsverkäuferin hatte Sophie und Robert nicht gesehen. Irgendwo hörte ich lautes Grölen und Lachen. Der Ausweis war naß vom Schweiß in meiner Hand. Ich lief auf den Bahnsteig. Auf einer Bank saß Robert neben einem schwarzhaarigen Jungen in hellem Anzug. Ich kam näher, aber sie bemerkten mich nicht.

Auf dem Weg zu meiner Schwester, sagte der Schwarzhaarige. Ich komme von drüben aus Stuttgart. Sie hat nach dem Krieg hierher geheiratet und arbeitet jetzt als Tierärztin in einem Dorf. Von wo sind Sie denn?

Aus Berlin, sagte Robert.

Aber die deutschen Städte sind alle nichts gegen Spanien.

Wahrscheinlich, sagte Robert.

Entschuldigen Sie, sagte er, jedesmal, wenn ich hier bin, vergesse ich, daß Sie ja nicht rauskommen. Mit der Zeit bekommt man ein schlechtes Gewissen, wenn man hier ist und von Reisen erzählt. Aber glauben Sie mir, das macht auch nicht glücklich.

Keine Ahnung, sagte Robert.

Der Westdeutsche lachte.

Was machen Sie denn, fragte er. Ich meine, als was arbeiten Sie?

Dreher, sagte Robert.

Sind Sie in der Partei, fragte er.

Nein, sagte Robert.

Ich war überrascht, wieviele Leute hier in der Partei sind. Mir hat das einer erzählt, den ich in Berlin getroffen habe. Er

studierte. Er war ein netter Bursche, aber er hat ständig von diesem Staat geredet, als wäre er das Paradies auf Erden. Meinen Sie, daß bei Ihnen viele Leute so denken?
Kann schon sein, sagte Robert.
Verstehe ich nicht, sagte er, warum kommen dann immer noch soviele über die Grenze und setzen ihr Leben aufs Spiel.
Die werden ihre Gründe haben.
In Spanien habe ich vor zwei Jahren einen Franzosen getroffen, der hatte für die Mauer eine Theorie. Sie sei die Strafe für die zwei Kriege, die Deutschland gemacht hat. Deutschland hat beide Kriege verloren und ist schon wieder reicher als die Sieger. Wer weiß, was passieren würde, hatte er gesagt, wenn Deutschland wieder eins wäre. Klingt einleuchtend, oder. Aber, warum wir die Kriege unserer Väter abbüßen sollen, konnte er mir nicht erklären.
Wer ist wir, fragte Robert.
Der Westdeutsche sah Robert an und nach einer Pause sagte er:
Eigentlich haben Sie recht. Eigentlich büßt nur ihr hinter der Mauer die deutsche Geschichte ab.
Einer muß es ja tun, sagte Robert.
Trotzdem ist es komisch, sagte er, viele von Ihnen, die in den Westen gegangen sind, wollen jetzt nichts anderes als zurück. Die schämen sich sogar für ihre Flucht, als hätten sie ihre Eltern verraten.
Das solls geben, sagte Robert.
Sie haben wohl keine Lust mit mir zu sprechen, sagte er, oder haben Sie Angst, daß ich ein Spitzel bin?
Ich tippte Robert von hinten auf die Schulter. Beide erschraken.
Wo ist Sophie, sagte ich.

Nach Hause gefahren, sagte er, wo bist du die ganze Zeit gewesen.
Du Arschloch, sagte ich.

Der Alte hatte sich wieder eine Zigarette angezündet und starrte vor sich hin. Ich setzte mich auf meinen Hocker.
Wie lange soll das noch dauern, sagte er.
Keine Ahnung, antwortete ich und lehnte mich zurück.
Du hast ihm den letzten Tritt gegeben, dachte ich.

Wir waren in den Zug gestiegen und nach Berlin gefahren. Wir gingen in eine Kneipe, bestellten einen Wodka nach dem andern und stiegen aus dem Toilettenfenster, weil wir nicht bezahlen konnten. Ich holte mein Motorrad, und wir fuhren in die Müggelberge, um baden zu gehen. Wir standen auf einem Hügel, und Robert sagte:
Los, wir fahren ihr hinterher.
Ich habe morgen Frühschicht.
Ich denke, du bist krankgeschrieben.
Bis heute, sagte ich.
Laß dich wieder krankschreiben, sagte Robert.
Die Sache ist abgelaufen, sagte ich, siehs ein.
Welche Sache.
Das weißt du ganz genau.
Ich weiß nur genau, daß du jetzt den Schwanz einziehen willst, sagte er, ging zum Motorrad, legte den Zündschlüssel um und versuchte zu starten.
Hör auf, sagte ich.
Er trat weiter in den Anlasser, ich ging zu ihm und versuchte ihn vom Motorrad wegzuziehen. Er schlug meine Hand weg, und der Motor sprang an. Er wollte sich in den Sattel setzen, aber ich zerrte ihn zurück. Wieder schlug er um sich,

aber ich packte ihn fest an der Jacke. Robert ließ den Lenker los und machte einen Schritt auf mich zu. In diesem Augenblick sah ich, wie das Motorrad den Abhang hinunterzurollen begann.
Ich stieß Robert zur Seite, sprang nach vorn, aber konnte die Maschine nicht mehr erreichen. Der Lenker streifte einen Baum, die Maschine überschlug sich, krachte gegen den nächsten Baum und kam mit einem schweren Schlag unten an. Ich sah die Flamme aus dem Tank schießen.
Scheiße, sagte Robert hinter mir.
Halt die Schnauze, sagte ich.
Kaufst dir ein Neues, sagte er, ich geb dir die Hälfte dazu.
Ich sah die Flammen kleiner werden und roch den Gestank der verbrannten Reifen.
Tut mir leid, sagte Robert.
Hör auf, dich zu entschuldigen, sagte ich.
Hör zu. Es tut mir wirklich leid.
Hör endlich auf zu winseln.
Ich Idiot, sagte Robert.
Ich drehte mich um und sah ihn mit hängenden Armen oben stehen. Als ich hochstieg, hielt er sich die Hände schützend vor sein Gesicht. Ich begann auf ihn einzuschlagen. Ich schlug ihm in Gesicht und Magen. Er wehrte sich nicht. Ich schlug weiter auf ihn ein, bis er ins Gras fiel und liegen blieb.
Bravo, stöhnte Robert, jetzt machen wir uns gegenseitig fertig. Hau ab. Ich drehte mich um und ging. Ich wußte, daß ich ihn zum letzten Mal gesehen hatte.

Der Alte hustete. Er sah mich an und wollte eben den Mund öffnen, als ich sagte:
Lassen Sie mich in Ruhe.

Ich lehnte mich gegen die Wand und schloß die Augen. Schlafen, dachte ich, aufwachen im eigenen Bett, und alles war ein Traum. Ich schlief ein und sah mich in die Maschinenhalle kommen. Der Meister begrüßt mich und sagt: Du solltest doch am Freitag in der Spätschicht arbeiten. Ich antwortete ihm, daß ich doch da war, und er sagt, daß er mich nicht gesehen habe, aber daß es ihm egal ist. Die Dreher aus meiner Brigade sitzen an ihren Werkzeugtischen und schreiben eine Biologiearbeit. Der Meister geht durch die Reihen und nimmt einem, der vom Heft abschreibt, die Arbeit weg. 5, sagt er. Die anderen schreiben weiter. An der Hallentür erscheint die Kellnerin aus der Stumpfen Ecke und ruft meinen Namen. Ich gehe hinaus. Sie hat im Umkleideraum auf dem Waschbecken Kaffee und Kuchen für mich serviert. Ich esse. Sie zieht sich aus und beginnt zu onanieren. Ich sehe ihre Hand zwischen ihren Beinen verschwinden. Der Meister betritt den Umkleideraum, geht auf sie zu, überreicht ihr eine Prämie und nimmt sie in seine fetten Arme. Ich gehe aus dem Umkleideraum in die Halle und will zu meiner Drehbank, aber die Halle ist so riesig geworden, daß ich Stunden gehen müßte, um die Maschine zu erreichen. Ich setze mich auf den Boden und weine.
Ich wachte auf.
Kommen Sie schon, hörte ich.
Ich öffnete die Augen. In der Tür stand der Polizist und zeigte auf mich. Ich sah zur anderen Seite des Tisches. Der Alte war verschwunden. Auf dem Flur war das Licht eingeschaltet worden: Ich mußte mindestens drei Stunden geschlafen haben. Ich stand auf und ging zur Tür. Der Polizist schloß sie hinter mir. Wir gingen den Flur hinunter bis zum Zimmer des Vernehmers.
Warten Sie.

Er ging hinein. Ich hörte einige Worte, die ich nicht verstehen konnte, dann stand der Polizist wieder vor mir.
Gehen Sie hinein.
Im ersten Augenblick konnte ich nichts erkennen. In der Dämmerung sah ich zwei Schatten: Der eine am Tisch des Vernehmers, der andere am langen Tisch davor.
Nehmen Sie Platz. Sie dürfen sich begrüßen.
Es war die dünne Stimme des Vernehmers. Ich setzte mich. Vor mir saß Sophie.
Er ist tot, sagte sie leise, und ich konnte jetzt ihre Augen sehen.
Ich spürte, wie sich mir die Kehle zuschnürte.
Sie wissen alles, sagte sie, ich habe ihnen alles erzählt.
Sie sah zu dem Vernehmer herüber. Er stand auf, ging um den Tisch herum und schaltete das Neonlicht ein. Dann setzte er sich wieder in seinen Stuhl:
Er hat versucht, illegal die DDR zu verlassen.
Ich sah die rotgeweinte Haut unter ihren Augen.
Seit wann bist du hier.
Gestern abend, sagte Sophie.
Ich spürte meine Tränen aufsteigen.
Soll das hier eine Gegenüberstellung sein oder was, sagte ich.
Ich habe darum gebeten, sagte Sophie.
Ich denke, es ist besser, wenn wir Sie jetzt nach Hause zurückbringen.
Der Vernehmer hob den Hörer vom Telefon, wählte eine Nummer und sagte in die Muschel: 3106.
Sophie stand auf. Sie nahm ihre Tasche von der Stuhllehne.
Bist du schon im Krankenhaus. Meine Stimme klang wie Kilometer entfernt.
Ja, sagte sie, seit drei Wochen.

Die Tür wurde geöffnet, und ein Polizist trat ein. Sophie wandte sich ab und ging an ihm vorbei auf den Flur.

In Ordnung, sagte der Vernehmer.

Ich sah, wie Sophie ihre Schultern hob, als habe ihr jemand eine Frage gestellt, die sie nicht beantworten konnte. Dann schloß der Polizist die Tür. Nach einer Weile sagte der Vernehmer:

Ich will es nicht lang machen. Wir haben bei der Hausdurchsuchung nichts gefunden als diesen Zettel. Es ist die Handschrift Ihres Freundes.

Er schob mir das Blatt über den Tisch:

Wir leben auf einem alten Kontinent. Die Kriege haben sein Gesicht verwüstet. Jetzt hat er das Gesicht einer alten Schauspielerin, von Falten durchzogen, mit bunter Schminke bestrichen. Sie will ihre Jugend wieder, deshalb sucht sie Liebschaften mit den jungen Revolutionen der anderen Kontinente, aber es wird keine Liebe daraus, denn die starken Stöße aus Südamerika, Afrika und Asien beantwortet der Körper Europas mit einem müden Zucken. Saftlos und liebesmüde gehen die Europäer durch ihre Länder: Europas Krankheit hat ihren Weg bis zwischen die Beine der Europäer gefunden.

Es ist seine Schrift, sagte ich.

Wir müssen das Blatt hierbehalten.

Ja, sagte ich.

Sie können jetzt gehen, aber die Untersuchung ist nicht abgeschlossen. Unterschreiben Sie hier, daß Sie zu keiner Aussage gezwungen und ordnungsgemäß behandelt wurden. Hier ist Ihr Schlüssel zurück.

Ich unterschrieb auf dem Blatt, das er mir vorlegte, und steckte den Schlüssel ein. Ich stand auf und ging aus dem Zimmer. Der Polizist schob das Stahlgitter zurück und zeigte mir den Fahrstuhl. Ich fuhr hinunter und ging am Pförtner vorbei auf die Straße. Es war dunkel geworden. An der Theaterklause stand eine lange Reihe nach Karten für die Bar. Ich ging ins Bett und schlief sofort ein.

Drei Tage später fuhr ich zu Roberts Begräbnis, drückte seiner Mutter die Hand und war zur Spätschicht zurück.

2

Der Schlag gegen den Kopf des Ochsen

Ramtur lehnt am Spänewagen und wartet, daß sein Herz zu schlagen aufhört.
Sein Kopf liegt auf seinem Arm, über dem Rand des Wagens, zwischen den Spänen.
Seine Augen sind geschlossen.
Er ist sicher, daß er tot sein wird, bevor die Frühschicht zu Ende ist.
Er steht zwischen zwei Karusselldrehbänken. Er ist 65 Jahre alt. Er hat den Amnestierten angesehen, als die Dreher auf ihn wiesen und sagten:
Bis eine Fräsbank frei ist, mußt du mit dem da Dreck räumen. Der wird dir erzählen, daß er Generalfeldmarschall Göring geohrfeigt hat, daß die australische Polizei seinen Sohn erschossen hat, weil er in die DDR zurückwollte, daß er eine Lampe mit Buntpapier umwickelt und vor den Bildschirm stellt, damit er farbfernsehen kann, daß er beim Zirkus Sarrasani war und Verbesserungsvorschläge an die UNO schickt. Aber der glaubt sich selber nichts. Der ist schon lange reif für die Gummizelle.
Die geballten Fäuste des Amnestierten in den Hosentaschen.
Sie werden mich aus der Halle tragen.
Sie werden mein Fahrrad in den Dreck schmeißen.
Sie werden mein Foto aus der Kaderakte nehmen und ans schwarze Brett hinter den Schleifscheiben hängen.
Er hält seine Schaufel mit seinen Schenkeln zwischen seinen Beinen.
Er hört das Pochen in seinem Fleisch und das Echo aus seinen Kniekehlen.

Er hat das Surren gehört, als der Schraubstock durch die Luft flog, bevor er ihm gegen den Brustkorb schlug.
Wie der Amnestierte abgewinkt hat, als die Fräser ihm anboten, seine Maschine einzurichten:
Kann ich selber.
Du lernst auch noch, dich anzupassen.
Ich laß mich nicht zum Kuli machen wie ihr. Ein Jahr Bewährung, und dann habt ihr mich in diesem Stall zum letzten Mal gesehen.
Wie die Fräser dastanden und dem Amnestierten zusahen:
Der Dorn läuft in die falsche Richtung, gleich wird ihm der Schraubstock um die Ohren krachen.
Wie er den Amnestierten von der Maschine weggerissen hatte, als der Schraubstock aus der Halterung flog und durch die Luft.
Das Surren des Stahls in der Luft, der Schlag gegen den Kopf des Ochsen. Der Fall in den Spänehaufen.
Vierzig Jahre, ein Auge aus Glas, und die Facharbeiter schreien.
Dreckräumer, Knastologenkumpel.
Wie er abgewinkt hatte, als der Meister ihn fragte, ob er sich verletzt habe.
Wie der Amnestierte ihn hochzog.
Aber das Summen in der Luft und die geballten Fäuste des Amnestierten, als die Fräser über die Geschichten lachten.
Er weiß jetzt, daß er mit dem Sterben fertig ist, bevor die Sirene heult.

Nichts passiert

Das kann nicht der Weg sein, wie du es vergißt. Die S-Bahn fuhr jetzt langsamer und hielt. Eine alte Frau setzte sich neben mich. Sie trug einen langen, abgetragenen Mantel und sah mich von der Seite an. Dann holte sie eine kleine Flasche Wodka aus der Tasche, setzte sie von unten an den Mund und warf den Kopf ruckartig in den Nacken. Ihr kantiger Kehlkopf sprang bis unter das Kinn. Sie trank in kleinen Schlukken und hielt die Augen geschlossen. Die Tasche, die sie zwischen sich und mich gestellt hatte, fiel von der Bank. Ich bückte mich, hob sie vom Boden, und als ich mich aufrichtete, hielt mir die Frau die Flasche entgegen:

Trink, Schwarzer.

Sie rülpste und hielt sich den Bauch: Arbeitersekt.

Ich stellte die Tasche an ihren Platz, nahm die Flasche und trank sie aus. Es war ein abgestandener Wodka.

Gut, was, sagte sie. Weißt du, ich kann ja sonst die jungen Leute nicht vertragen. Da steckt nichts hinter. Die quatschen groß, aber mehr ist mit ihnen nicht los. Sieh mich an, wenn ich mit dir rede, Schwarzer.

Sie grinste wieder, nahm die leere Flasche und steckte sie in die Tasche. Dann stand sie auf, hielt sich an meiner Schulter fest und sagte, während sie den Arm ausstreckte:

Ich habs nötiger als die. Aber ich bin ja wohl nicht dein Jahrgang.

Jetzt erst sah ich das Mädchen auf der anderen Seite des Ganges. Sie saß am Fenster und säuberte sich die Fingernägel mit einer Haarspange. Neben ihr lagen ein Blumenstrauß und ein großes Kuvert.

Also, Schwarzer, sagte die Alte, Ring frei zur ersten Runde.

Sie ging zur Tür und stieg aus. Noch immer war der fade Wodkageschmack in meinem Mund. Ich stand auf und setzte mich auf die Bank neben das Mädchen.
Was will die mit einem Blumenstrauß um zwei Uhr nachts in der S-Bahn. Ins Lehrlingswohnheim oder nach Hause von der Brigadefeier. Hoch lebe die Planerfüllung.
Das Mädchen lächelte mich an. Worauf wartest du.
Ring frei zur ersten Runde, sagte ich, was hast du in dem Kuvert. Deinen Trauschein.
Sie sah mich erschrocken an:
Hau ab.
Schon gut, sagte ich und wollte aufstehen, als sie es wiederholte, diesmal leiser:
Hau ab.
Ich blieb sitzen, strich ihr das Haar aus der Stirn und sah sie an. Dann stand ich auf. Endstation. Ich ging zur Tür. Die Bremsen quietschten, ich sprang ab und ging über den Bahnhof die Treppen hinunter. Am Ausgang steckte ich eine Mark in den Zigarettenautomaten und versuchte eine Packung herauszuziehen. Ich zerrte an dem Griff, aber er gab nicht nach. Ich begann gegen das Eisen zu hämmern, aber das Fach sprang nicht auf. Ich drückte auf den Knopf, aber auch von der Mark war nichts mehr zu sehen.
Ich hau das Ding ein, sagte ich.
Sie schob mich zur Seite, zog am Nebenfach und nahm eine Schachtel heraus.
Komm schon, sagte sie, packte mich an der Jacke, und wir gingen los.
Du kannst sie nicht vergessen, indem du mit einer anderen losziehst. Du kannst ihr nicht einmal einen Vorwurf machen. Warum härte sie etwas anderes sagen sollen. Woher härte sie wissen sollen, daß der Knast ihr einen entläßt, der nichts

mehr im Schädel hat als das Echo von Stiefeln auf dem Flur vor der Zelle, der vor nichts mehr Angst hat, als sich selbst leid zu tun und von ihr mitleidig über den Kopf gestrichen zu werden.

Ich dachte immer wieder an sie. An ihre Augen, an die schmalen weißen Hände und daran, daß wir nie morgens zusammen aufgewacht waren. Immer hatte ich sie nachts gehen sehen, oder ich war gegangen, bis sie gekommen waren und mich aus ihrem Bett holten.

Wir waren angelangt. Sie holte die Schlüssel aus ihrer Tasche und schloß die Tür auf. Sie war schon auf der Treppe, als ich noch nach dem Lichtschalter suchte. Ich ging ihr nach.

Das Zimmer war klein und dunkel. Auf dem Tisch stand eine schmutzige Tasse. Sie legte das Kuvert und die Zigaretten neben die Tasse, ging zum Wasserhahn, füllte eine Vase, stellte die Blumen hinein und ging aus dem Zimmer. Ich nahm die Schachtel und die Untertasse, setzte mich auf das Bett, zündete mir eine Zigarette an und sah auf das Foto der Rolling Stones an der Wand gegenüber.

Sie konnte es nicht verstehen. Sie konnte nicht begreifen, daß jedes Wort aus meinem Mund in meinem leeren Schädel widerhallt. Sie wollte dem Helden die Wunden waschen. Wie hätte ich ihr erklären sollen, daß die Stille der Einzelzelle einen Ring um das Herz legt und das Gehirn austrocknet, bis es wie ein ausgewrungener Lappen im Schädel begraben ist.

Die Asche fiel von der Zigarette aufs Bett, und ich ließ sie liegen. Das flache Zimmer mit dem blauen Vorhang, dem schmalen Bett.

Du wirst es nicht wiedersehen. Du bist nicht mehr der Mann für ein Mädchen, das dir gegenübersitzt und Dinge sagt, die du brauchst. Aber es war gut, auch wenn es jetzt ist wie eine

Geschichte, die dir einer vor zehn Jahren erzählt hat. Es war gut. Es ist eine schlechte Art, die Sache so zu sehen, aber es ist besser, als sich vorzumachen, alles könnte wieder anfangen, wo es aufgehört hat.
Ich spürte das Lächeln auf meinem Gesicht.
Hau ab von hier. So vergißt du nichts. Vielleicht kannst du es ein paar mal so vergessen, aber nicht bei einer Sache, an die du denkst, wenn du in fremden Zimmern sitzt. Dann nicht und dort nicht und überhaupt nicht.
Sie war wieder ins Zimmer gekommen und nahm sich eine Zigarette. Sie zog den Rauch zweimal tief ein, legte die Zigarette zurück auf die Untertasse, drehte sich um und ging zum Schrank. Sie nahm eine blaue Hose heraus, öffnete den Reißverschluß ihres Rockes, ließ ihn herunterfallen, stieg vorsichtig aus ihm heraus, hob ihn auf, schloß den Reißverschluß und hängte den Rock auf einen Bügel. Den Bügel hängte sie an die Seitenwand des Schrankes, zog die Schuhe aus, nahm die Hose vom Stuhl und sah mich über die Schulter an. Ich winkte ab und drückte meine Zigarette aus, während sie die Hose auf den Stuhl zurücklegte. Dann kam sie zum Bett, setzte sich neben mich und legte meine Hand zwischen ihre Schenkel.
Warum heult man nicht mehr, wenn man was verloren hat? Ich habe mehr verloren als eine Frau. Warum macht sie das Fenster nicht auf.
Sie haben von mir kein Wort gehört. Du wirst von mir kein Wort hören. Sie hat auch kein Wort von mir gehört. Es ist aus. Sie wird ihren Körper nicht mehr langmachen an meinem. Ich werde sie nicht mehr ansehen danach und denken, ich sehe in meine eigenen Augen.
Sie soll das Fenster aufmachen. Was hat sie in diesem Kuvert auf dem Tisch.

Ich legte meinen Arm um ihren Hals. Sie zog meinen Kopf zu sich herüber und küßte mich. Ich drückte sie an den Schultern ins Kissen.
Warum bist du nicht eine andere, das Licht hinter den Lidern. Das Fenster ist zu. Wenn ich mir den Schädel aufbrechen könnte. Ich will nichts hören. Das Brennen im Fleisch. Dieses endlose Selbstgespräch. Du und ich. Das Trümmerfeld hinter der Stirn. Sei endlich ruhig. Kein Wort mehr.
Ich öffnete die Augen. Ihr Arm hing neben dem Bett herunter. Sie öffnete die Augen und sah mich an. Ich ließ mich zur Seite fallen und starrte zur Decke. Ich versuchte an die dünnen weißen Hände zu denken, aber ich sah nur das undeutliche Bild eines blutigen Hundes in einer Badewanne und ich verstand nicht, was es bedeuten sollte. Dann stand ich auf und zog mich an. Ich steckte die Zigaretten ein und ging zum Tisch. Ich öffnete das Kuvert, nahm die Urkunde heraus und las: Für vorbildliche Leistungen im sozialistischen Wettbewerb.
Bravo, sagte ich.
Was kann ich dafür, daß sie gerade mich ausgesucht haben, irgendjemand mußten sie doch finden.
Ich ging zur Tür und hörte sie hinter mir weinen. Jemand hatte das Licht auf dem Flur eingeschaltet. Ich trat auf die Straße. Ich suchte meine Streichhölzer, aber ich fand sie nicht. Spuren verwischen, dachte ich, mich ausradieren. Ich werde ihnen ein weißes Blatt vorlegen, wenn sie wiederkommen.
Ich steckte mir die Zigarette in den Mund und ging auf den S-Bahnhof zu. Er war leer wie meine Wut.

Wer redet schon gern von einem Untergang

I

Es ist der Geruch, sagte er, dieser faule süßliche Geruch.
Er lief weiter durch die Straße, und sie liefen weiter neben ihm her.
Was willst du, Mann, sagten sie, daß du dein Schiff in unseren Hafen legst und dein Maul aufreißt.
Tatsächlich, es ist der Geruch, sagte er. Ich habe ihn schon seit dem Sturm in der Nase, und er kam aus eurer Stadt.
Du solltest nicht so über eine Stadt reden, in der deine Matrosen dein Schiff reparieren. Wir leben hier solange wir denken können, und es ist noch keiner gekommen, der geredet hat wie du.
Das kann ich mir denken. Wer redet schon gern von einem Untergang, ich wüßte auch Besseres.
Dann sei endlich ruhig. Sie gingen weiter neben ihm her.
Ich habe eine Menge Leute untergehen sehen, sagte er, und sie haben vorher gerochen, wie diese Stadt riecht. Sie sahen aus, wie eure Häuser aussehen, weiß und groß und glatt, aber sie waren schon aus.
Du hast die Welt gesehen, was, du kannst riechen, daß eine Stadt zerfällt.
Ja, sagte er und spürte das Klopfen hinter seinen Schläfen.
Halt endlich dein Maul, oder du kannst dein Schiff in einem anderen Hafen reparieren. Wir müssen uns deine Worte nicht anhören, wir können dir in den Hintern treten.
Das könnt ihr, sagte er, aber es wird euch die Luft nicht besser machen.
Das wollen wir sehen, gleich wird es uns besser gehen, Mann, schrieen sie, stießen ihn in den Hafen und auf sein Schiff.

Abfahrt, lachten sie und kappten die Taue.
Idioten, rief er zurück, als sein Schiff auslief. Sie standen am Kai und drohten mit ihren Fäusten.

2

Es ist nur eine Fahne, sagten sie, aber es ist die Fahne, die die Väter unserer Väter getragen haben, als sie dieses Stück Land in Besitz nahmen und die über dem Haus wehte, das sie als erstes gebaut haben. Von jetzt an soll sie auf deinem Schiff wehen, denn du hast uns mit deiner Warnung gerettet.
Ich will sie nicht haben, sagte er.
Du bist zurückgekommen und siehst: Wir haben deine Worte verstanden. Wir haben die Risse in den Wänden gesehen, die morschen Dielen in unseren Zimmern, die rostigen Rohre unter unseren Fabriken.
Ich will eure Fahne nicht haben, sagte er.
Für dich ist es keine große Sache, wir wissen es: Du hast Kontinente gesehen, du bist über alle Meere gefahren, durch alle Stürme, aus allen Untergängen bist du herausgekrochen. Aber das ist der erste Untergang, aus dem wir herauskriechen.
Eure Sache, sagte er und drehte den Kopf weg.
Sie hielten ihm die Fahne entgegen. Er warf sie aufs Pflaster.
Ist dir diese Fahne nicht gut genug, schrieen sie, ist dir die Anerkennung einer Stadt nichts wert, die größere Schiffe auslaufen sah als dein Schiff, deren Name die Welt besser kennt als deinen Namen. Heb die Fahne auf, oder du liegst daneben.
Er hob die Fahne auf und gab sie in ihre Hände zurück.
Ach, geh uns vom Hals, fahr doch weiter, wohin willst du

denn jetzt wieder, der feine Herr Besserwisser, frei wie ein Vogel, ohne Familie, auf den Knochen seiner Matrosen.
Besser als auf den eigenen, sagte er, drehte sich um und fuhr wieder ab.

3

Was hast du erwartet, sagten sie, als sie zu ihm in die Zelle traten. Hast du erwartet, daß wir dich ein drittes Mal wegfahren lassen.
Laßt mich raus, sagte er, ihr habt kein Recht dazu.
Die Risse in den Wänden, die wir zugemauert haben, springen wieder auf, die Frauen frieren und die Kinder schreien, die Mauern sinken in die Erde, und du sinkst mit, wenn du uns nicht dagegen hilfst. Du bist der Einzige, der uns helfen kann, denn du hast es gewußt, bevor es zu sehen war. Du hast es uns selbst gesagt, als du zum ersten Mal hier warst.
Das war nicht mehr als ein Witz, sagte er, was kann ich dafür, daß es ein schlechter Witz geworden ist.
Lachen können wir später, sagten sie, jetzt sag uns, wie wir uns retten können.
Ich bin ein Seefahrer: Ich kann nicht machen, daß der Regen von unten nach oben fällt.
Dann sieh zu, wie du fällst. Kein Schiff legt mehr an in unserem Hafen. Du hast von unserem Unglück erzählt in den anderen Städten.
Jeder tut, was er kann, sagte er. Es ist eure Stadt, und jede Zeit geht einmal vorbei.
Laß dir deine nicht lang werden, sagten sie und schlossen die Tür.
Er legte den Kopf an die Wand und hörte das Blut in seinen Adern:

Für die Frauen, die ich verlassen habe, und die im Fenster standen mit bleichen Gesichtern. Für die Männer, die ich erschlagen habe und die auf der Straße lagen mit ausgebreiteten Armen.
Ich friere, sagte er, als die Matrosen den Spalt in der Wand aufsprengten und ihn durch den Gang führten, unter den Straßen hindurch bis in den Hafen.
Das war meine letzte Fahrt auf deinem Schiff, sagte einer.
Ich fahre weiter mit dir, sagte ein anderer.
Hißt die Segel. Er spuckte ins Wasser.

4

Jetzt tanzen sie auf ihren Trümmern. Seht hin, sagte er, als die Matrosen ihre Gesichter abwandten.
Was willst du noch von ihnen, sagten sie.
Nichts. Nur sehen, wie diese Stadt an ihr Ende kommt. Diese Stadt, in der ich geboren bin und die mich nicht wiedererkannt hat. Wie sie an ihr Ende kommt, die denen die drin sind, allen Saft aussäuft, daß nur noch Verpackungen durch die Straßen taumeln.
Jetzt hattest du deinen Spaß, sagten sie, jetzt können wir fahren.
Da, rief er, sie sehen uns an, aber sie sehen uns nicht. Wie ihre Augen glänzen, wie sie von einem Bein auf das andere springen, als würden morgen die Warenhäuser wieder geöffnet und die Fahnen wieder gehißt.
Komm endlich.
Bringt mir zu trinken. Das ist ein Bild: Der blutrote Himmel und ihre bleichen Gesichter, die glänzenden Maschinen zwischen den grauen Trümmern, die schwarzen Antennen gegen das blaue Meer.

Jaja, sagten sie und gingen an Bord.

Tun sie euch leid, sagte er, als sie neben ihm standen mit schweißnassen Gesichtern.

Du tust uns leid. Deine nächste Fahrt machst du allein. Einer wie du kommandiert uns schließlich gegen den Felsen.

Was wißt ihr denn. Was wißt ihr denn von dem Klopfen in meinen Adern, wenn ich das Meer sehe.

Wir haben unsere Arbeit, sagten sie, das Klopfen überlassen wir dir.

5

Er war dem Seefahrer auf die Schulter gesprungen, hatte ihm die Schenkel um den Brustkorb gepreßt, daß ihm alle Luft aus den Lungen gewichen war. Der Seefahrer hatte geflucht, gebettelt und geschlagen, aber der Mann auf seinen Schultern hatte ihn vorwärtsgestoßen, über das Gebirge aus Steinen, Autos und Papier bis vor das offene Grab.

Es war still, und der Seefahrer sah in die Grube.

Du weißt, was geschieht, fragte der Mann.

Du bist der Letzte und du willst es mir zurückzahlen. Du wirst mich in diese Grube stoßen, und auf meinem Schiff hinausfahren. Du wirst kein Glück haben, denn ohne Matrosen wirst du nicht weit kommen.

Ich werde nicht hinausfahren.

Dann wirst du mich zwingen, hierzubleiben, sagte der Seefahrer, es kommt auf das gleiche heraus, bleiben oder sterben.

Was weiß denn einer, der nichts anderes kann als weggehen.

Bleiben oder sterben: Es kommt auf das gleiche heraus.

Du wirst weiterfahren, aber keine Stadt wird dich mehr an

Land gehen lassen. Sie werden glauben, daß es ihnen ergeht wie uns, wenn du den Hafen betrittst, sagte der Mann und sprang von den Schultern des Seefahrers in die offene Grube.

Fahr, sagte der Mann, fahr wohin du willst. Aber eins hast du vergessen.

Der Seefahrer hob den Stein über den Mann.

Was habe ich vergessen.

Der Mann öffnete den Mund, aber der Stein glitt dem Seefahrer aus der Hand und schlug auf den Mann.

Er ging zurück zu seinem Schiff, sah auf die Stadt und gleich darauf über das Meer, aber er wartete jetzt vergeblich auf das Klopfen in seinen Adern.

Jetzt konnte Kirsch es nicht mehr aushalten. Er riß sich seinen Monteuranzug vom Körper. Er warf das ölige Zeug in den Werkzeugschrank und zerrte seine Hose vom Eisenhaken. Er hetzte durch das Werktor, sprang auf sein Motorrad, trat mit aller Kraft auf den Anlasserhebel und stieß den Gasgriff gegen den Anschlag. Dann war er im Nebel. Vielleicht regnete es, dachte er und sah in die Sonne über dem Appartementhaus.
Jetzt mußte er es Ramtur erzählen, jetzt mußte er zu ihm ins Krankenhaus.
Ramtur, sagte Kirsch ohne Atem, heute haben sie Grabow verhaftet. Sie haben ihn aus der Frühschicht geholt: Zwei Polizisten und ein Ziviler. Grabow hat seine Mutter erschlagen. Ein Staatsanwalt hat es uns nach der Mittagspause erzählt. Grabow hatte Besuch von einem aus Sachsen, aus dem Bergwerk. Der hat eine Flasche Sprit mitgebracht, den sie dort unter der Erde trinken. Grabow, seine Mutter, sein Vater und der Bergmann, den Grabow aus dem Ferienheim kennt, haben den ganzen Abend Sprit gesoffen. Ramtur, alter Hahn, warum glotzen die Männer so?
Das ist Herr Kirsch, ein Arbeitskollege, sagte Ramtur zu den Männern, die von ihren Zeitungen aufsahen und herüberblickten. Wir arbeiten zusammen als Transporter in der gleichen Halle.
Laß doch die, schrie Kirsch, hör zu: Grabow hatte Besuch. Der Staatsanwalt hat es uns erzählt: Der Besuch ist schon am Anfang eingeschlafen, aber am Ende ist er wieder aufgewacht. Am nächsten Tag hat er alles ausgesagt. Grabow hat mit seinem Vater und mit seiner Mutter den Sprit gesoffen,

und dann hat der Vater die Mutter mit dem Kopf gegen den Tisch geschlagen. Als Grabow das gesehen hat, ist er in die Küche gegangen und mit einem Messer zurückgekommen. Dann hat er seinem Vater in den Arm gestochen. Kannst du dir das vorstellen, seinen eigenen Vater! Der Bergmann aus Sachsen hat schon unter dem Tisch gelegen und geschlafen. Als Grabows Mutter gesehen hat, daß Grabow seinen Vater in den Arm sticht, hat sie ihm in die Fresse gehauen, bis er geblutet hat: Laß deinen Vater in Ruhe, du dreckiges Stück Vieh. Dann soll sie noch gesagt haben, daß Grabow ein feiger Hund ist, weil er mit seinen dreißig Jahren noch nie mit einer Frau geschlafen hat. Die Nachbarn haben ausgesagt, daß sie gehört haben, wie Grabow gebrüllt hat. Es sind die dünnen Wände in den Neubauten.

Kirsch, sagte Ramtur, du darfst nicht schreien. Hier ist das Krankenhaus.

Ja, schrie Kirsch, du alter Hahn liegst im Krankenhaus, und im Betrieb wird Grabow verhaftet. Das ist besser als deine Geschichten von den Negerinnen, die du in Frankreich entjungfert haben willst. Ich wollte dir das erzählen, ich wollte gleich nach der Schicht herkommen, weil ich noch nie gesehen habe, wie sie einen verhaftet haben. Stell dir vor: Ich schippe Späne am Fräsautomaten. Sie kommen in die Halle und gehen zum Meisterbüro. Ich weiß sofort, daß jetzt was passiert. Wenn du nicht da bist, Ramtur, habe ich keine freie Minute. Wann wirst du entlassen? Der Meister kommt mit den Polizisten und dem Zivilen aus dem Büro und zeigt auf Grabow. Grabow hat die Schaltstücke gedreht, die ich ihm am Morgen an die Drehbank gefahren habe. Er stellt die Maschine ab. Er steht nur so da und glotzt.

Kirsch, sagte Ramtur, da draußen der Himmel. Wie rot der ist. Die Männer saßen jetzt aufgerichtet in ihren Betten.

Hör auf, sagte Kirsch, einmal habe ich eine Geschichte, und schon bist du beleidigt. Ich habe mir immer in aller Ruhe angehört, wenn du deinen Quatsch erzählt hast. Jetzt mußt du zuhören: Grabow glotzt auf die Polizisten, und alle glotzen auf Grabow. Als die Polizisten an seiner Maschine sind, nimmt er plötzlich seine Schiebelehre. Ich denke, er will ihnen das Ding in den Bauch stechen, aber Grabow nimmt ein Schaltstück und fängt an, es auszumessen. Er steht ganz ruhig, und die Polizisten sprechen mit ihm, aber Grabow mißt sein Schaltstück. Dann haben sie ihn abgeführt. Der Zivile ist hinter ihnen gegangen und hat sich nach jedem Schritt zu uns umgedreht.
Die blinden Weiber, sagte Ramtur.
Hör jetzt auf, schrie Kirsch. Grabow ist mit ihnen durch die Gummitür gegangen, durch die die Gabelstapler kommen. Wir haben überlegt, was Grabow verbrochen haben kann. Nach der Mittagspause wurden alle in den Frühstücksraum gerufen: Fräser, Dreher, Bohrer und ich. Der Staatsanwalt hat uns erzählt, daß Grabow überführt ist und schon alles zugegeben hat. Er hat seiner Mutter mit der Spritflasche den Schädel eingeschlagen. Sie war sofort tot. Dann soll sich entweder der Vater oder Grabow an der Leiche vergangen haben. Glotz nicht so, Ramtur, stell dir das vor. Das hat uns der Staatsanwalt erzählt. Danach hat der Meister gesprochen. Er hat gesagt, daß keiner von uns verstehen kann, wie es soweit kommen konnte. Grabow war uns als pflichtbewußter Arbeiter bekannt, der zweimal mit dem Titel »Aktivist« ausgezeichnet werden konnte. Bis auf zwei Fehltage im vorigen Jahr, hat er sich nie etwas zuschulden kommen lassen. Ramtur, sag was. Verstehst du, was mit Grabow los war?
Einen Moment bitte, sagte der Arzt und schob Kirsch zur

Seite. Er nahm Ramturs Arm zwischen seine Hände. Dann drückte er ihm die Augen zu.
Haben Sie nicht bemerkt, daß der Patient gestorben ist, junger Mann? Ich bitte Sie, das Krankenzimmer zu verlassen, und die anderen Herren bitte ich um Ruhe, bis Herr Ramtur abtransportiert ist.
Kirsch setzte sich hinter das Lenkrad. Er sah die Krankenschwestern in weißen Kitteln hinter der Glaswand vorbeigehen. Er saß starr auf seinem Motorrad und wartete, daß es ihn hier herausfahren würde, am Werktor vorbei, aus der Stadt, über eine riesige Ebene, unter einen offenen Himmel. Dort würde er die Explosion hören, die alles, was ihn jetzt umgab, in Stücke riß und gegen den Himmel schleuderte.

Mit sozialistischem Gruß

(Aus Ramturs Nachlaß)

Erster Brief:
Lieber Kollege Direktor!
Heute will ich Ihnen schreiben. Ich bin Herr Ramtur aus der Dreherei und möchte Ihnen einen Vorschlag unterbreiten: Schicken Sie mir bitte jeden Monat mein Gehalt zu. Ich möchte ein Jahr lang nicht arbeiten.
Viele Grüße
Kollege Ramtur

Erste Antwort:
Lieber Kollege Ramtur!
Ich habe Ihren Brief bekommen. Was soll aus unserer Fabrik werden, wenn alle so denken, wie Sie? Kommen Sie sofort zur Arbeit.
Kollege Direktor

Zweiter Brief:
Lieber Kollege Direktor!
Ich möchte Ihnen noch einen Vorschlag machen. Wenn ich ein Jahr nicht arbeite, hat die Fabrik einen Verlust von 2376 Stunden. Das sind genau 99 Tage. Ein Jahr hat 52 Sonnabende und 52 Sonntage. Wenn ich im folgenden Jahr jeden Sonnabend und jeden Sonntag 24 Stunden arbeite, haben Sie dazu noch einen Gewinn von 120 Stunden, die ich dem Betrieb schenke.
Herzlich
Kollege Ramtur

Zweite Antwort:
Lieber Kollege Ramtur!
Das geht alles nicht. Auch ich möchte manchmal nicht arbeiten und muß morgens im Bett weinen. Ich habe auch nicht mehr viel Geduld mit Ihnen.
Kollege Direktor.

Dritter Brief:
Lieber Kollege Direktor!
Ich möchte mich mit meiner Frau unterhalten über
a) meine Frau
b) mich
c) unsere Ehe
d) Kunst und Fernsehen
e) Haushalt, Reparaturen, Neuanschaffungen
f) unsere Kinder (Zustand und Perspektive)
g) das Leben, Qualifizierung, Weiterbildung
Da ich bisher um 17 Uhr nach Hause kam und keine Konzentration hatte, brauche ich für die genaue Analysierung der Probleme ein Jahr. Ich bitte Sie, das einzusehen.
Kollege Ramtur

Dritte Antwort:
Kollege Ramtur!
Sie kommen jetzt schon acht Wochen lang nicht zur Arbeit. Das habe ich gemeldet. Sie werden Bescheid bekommen. Sie haben mich dazu gezwungen.

Vierter Brief:
Herr Direktor!
Ich bin jetzt für 15 Monate in einer verschlossenen Weberei tätig. Hiermit teile ich Ihnen mit, daß sich eine Fortführung unseres Briefwechsels damit erübrigt.
Herr Ramtur 57382

3

Fastnacht

Manchmal sehe ich am Himmel einen endlos weiten Strand
mit weißen, der Freude hingegebenen Völkern.
Arthur Rimbaud

1

meine akte. sie sehen alle zu mir. auf dem foto bin ich 16. höchstens acht seiten. warum klappt er sie zu. von hier kann ich sowieso nichts lesen. sie sollen endlich anfangen. meine schuhe drücken. ich habe ihr gesagt, daß ich neue schuhe brauche, aber sie muß immer das letzte wort haben. jetzt fangen sie endlich an.

Werter Kollege Fastnacht, sagte der Werkleiter, wir haben dich heute zu uns gebeten, um dir einen wichtigen Beschluß des Leitungskollektivs mitzuteilen. Wie du weißt, ist das Büro für Neuererwesen zur Zeit nicht besetzt. Nach langen Beratungen sind wir zu der Entscheidung gekommen, daß gemäß den Beschlüssen von Partei und Regierung, die Verantwortung für diesen wichtigen Posten diesmal einem Arbeiter übertragen werden soll. Diese Maßnahme soll der erhöhten Übertragung von Verantwortung an die Werktätigen dienen. Unsere Wahl ist, wie du es dir wahrscheinlich inzwischen denken kannst, auf dich gefallen. Wir alle hier haben sie uns nicht leicht gemacht: der Gewerkschaftssekretär, der Sekretär der Parteiorganisation, der technische Direktor, dein Meister aus der Dreherei und ich.

die augen werden ihnen aus dem kopf fallen. ausgerechnet ich. sie werden denken, ich hätte mich angeschmiert. von der drehbank ins verwaltungsgebäude. das hätten sie sich nicht träumen lassen. fastnacht, der lohndrücker. fastnacht, der verhinderte erfinder. jetzt müssen sie sich gutstellen mit mir. alle. grabow, pohlandt, die grasemann, sogar der meister.

... bist du seit 19 Jahren bei uns tätig, hast du mitgeholfen, daß unser Betrieb Produktionszahlen seines kapitalistischen Vorgängers überboten hat, konntest du ausgezeichnet werden zum 25. Jahrestag der Deutschen Demokratischen Republik, hast du dich qualifiziert, konnten wir die Herstellungszeit von Schraubengewinden um die Hälfte verkürzen, mußten wir nicht mehr aus Westdeutschland importieren, hast du insgesamt 32 Verbesserungsvorschläge eingereicht,

ich habe es ihr gesagt: wer nicht auffallen will, muß dem anspruch genügen. jetzt sieht sie es selbst: wer dem anspruch genügt, fällt auf. sie muß es ihrer mutter schreiben: der ist nichts für dich, der bringt es zu nichts, der spinnt und macht sich die welt zum feind. ein mann, der nicht trinkt, ist kein mann. sie soll es schreiben und ich schreibe darunter: herzliche grüße.

... hast du geholfen, eine Million Mark einzusparen, können wir heute die Stromversorgung sichern, Exportlieferungen steigern, einen Beitrag leisten zur Elektrifizierung der Entwicklungsländer, der Sicherung des Friedens in der Welt, ohne Kollegen wie dich nicht denkbar, müssen wir aber konkurrenzfähig bleiben, Reserven ausnutzen, Kosten senken, dürfen wir die Verbesserungsvorschläge nicht dem Zufall überlassen,

ihr werdet es sehen. wen hätten sie sonst nehmen sollen. pohlandt vielleicht. daß ich nicht lache, irgendwann passiert es eben. wenn man nicht dran denkt.

... wirst du nach Meißen fahren, Kollege Fastnacht. Für die Funktion des Leiters des Neuererbüros sind bestimmte Kenntnisse nötig. Die sollst du dir auf dem Lehrgang erwerben. Natürlich nicht bei Wasser und Brot. Du bekommst 80 % deines Durchschnittslohnes. Sicher willst du dich aber zuerst mit deiner Frau besprechen, die uns als eine fortschrittliche Kollegin bekannt ist.
Ich habe, sagte Fastnacht.
Du sollst dich mit deiner Frau besprechen, sagte der Meister.
Denk in Ruhe über unseren Vorschlag nach, Kollege, sagte der Parteisekretär, du müßtest für ein halbes Jahr von deiner Frau getrennt leben.
Wenn ihr weiter Arbeiter aus meiner Abteilung holt, wie der Fuchs die Hühner aus dem Stall, sagte der Meister, könnt ihr der Planerfüllung und der Dreherei bald gute Nacht sagen.
Drei zur Armee, und jetzt noch einer auf die hohe Schule.
Es ist keine leichte Aufgabe, sagte der Werkleiter und erhob sich von seinem Stuhl, denk nach, Kollege Fastnacht. Wir werden uns zu Beginn des neuen Jahres bei dir melden.

Du bist jetzt 35 Jahre alt, sagte Frau Fastnacht. Es wurde Zeit, daß du aus der Halle herauskommst. Du hast dich nie krankschreiben lassen. Du hast nicht im Westen gearbeitet, als es dort das große Geld gab. Du sitzt nicht nach der Schicht in der Stumpfen Ecke. Du hast keine Lohnzettel gefälscht. Du hast deinen Ausschuß nicht in die Spree geworfen. Wenn andere ihren Schnaps hatten, hattest du deine Zeichnungen auf dem Tisch. Du hast nie etwas verlangt. Dafür hast du etwas bekommen.
Schon gut, sagte Fastnacht.
Eben nicht. Warum hast du denn über deinen Zeichnungen gesessen, statt dir was zu gönnen in deiner Freizeit. Ganze

Nächte hast du hier gehockt. Weil dir deine Arbeit am Herzen liegt.
Schon gut.

sie soll endlich aufhören. es ist zum schreien: die arbeit am herzen. was weiß denn die. ein dreck liegt mir am herzen. sollte ich jeden abend ihr dummes gerede anhören, sollte ich jeden abend in ihr blödes gesicht starren.

Komm, sagte Frau Fastnacht, mach den Fernseher aus.
Gleich, sagte er, geh schon ins Bett.
Liebling, sagte sie.

warum ist dieses idiotische fernsehprogramm immer schon um zehn zuende. wofür bezahle ich 21 mark fernsehgebühren. sie soll ihre pfoten wegnehmen. hätte sie nur damals das kind gekriegt, wäre sie jetzt beschäftigt. sie soll ihr loch über die nachttischlampe stülpen. in japan soll 24 stunden am tag fernsehprogramm sein und sechs sender. sie soll endlich aufhören zu reden. die schaltstücke sind immer noch nicht fertig. rosenau ist ein idiot. sie soll ihren fetten hintern hochnehmen. hat sie noch immer nicht genug. wenn ich nur schon weg wäre. ein halbes jahr allein sein. allein schlafen, ohne diesen geruch neben mir.

GEH WEG, SCHRIE FASTNACHT, ICH WILL NICHT MIT EINEM TOTEN SPRECHEN.
WENN DAS PRODUKT DER ARBEIT NICHT DEM ARBEITER GEHÖRT, SAGTE MARXENGELS, WENN ES EINE FREMDE MACHT IHM GEGENÜBER IST, SO IST DAS NUR DADURCH MÖGLICH, DASS ES EINEM ANDEREN MENSCHEN GEHÖRT.
WAS WILLST DU VON MIR, SAGTE FASTNACHT, ICH

VERSTEHE NICHT, WAS DU SAGST. ES IST ALLES SO ANSTRENGEND.
GLAUBST DU, FÜR MICH IST ES NICHT ANSTRENGEND, SCHRIE MARXENGELS, DU MUSST DICH ZUSAMMENNEHMEN. DU BIST EIN VERTRETER DER DEUTSCHEN ARBEITERKLASSE.
ICH WILL VON JAPAN TRÄUMEN, FLÜSTERTE FASTNACHT.

Fastnacht stand auf und schlug mit dem Messer gegen sein Glas.
Anläßlich der Jahreswende darf jedes Mitglied der Brigade mir einen Verbesserungsvorschlag in das Büro für Neuererwesen mitgeben. Wenn ich aus Meißen zurück bin, werde ich den besten Vorschlag der Werkleitung zur Realisierung unterbreiten. Bravo, rief Pohlandt, das ist ein Wort.
Ich bitte um den ersten Vorschlag.
Wer bei der Arbeit schwitzt, wird entlassen, rief Kirsch.
Der Beginn der Arbeit darf nicht vor zehn Uhr sein, sagte Frau Grasemann.
Der Mindestlohn beträgt 5 Mark in der Stunde, rief Rosenau.
Jeder Arbeiter erscheint im Maßanzug. Die Schneiderrechnung bezahlt der Betrieb, sagte Grabow.
Am 1. Mai steht die Bevölkerung auf der Ehrentribüne MarxEngelsPlatz, sagte Ramtur, und nimmt die Parade der Regierung ab.
Während der Arbeit darf gesungen werden, rief Ramtur.
Wer heiratet, bekommt die Aussteuer vom Betrieb, sagte Rita. Die Feier findet in der Wohnung des Werkleiters statt.
Wer zwanzig Jahre gearbeitet hat, bekommt zwanzig Jahre Urlaub, rief Frau Grasemann.

Beim Verlassen des Betriebes muß der Werkleiter jedem Arbeiter seinen Dank für die Tätigkeit aussprechen, rief Rosenau.
Jeder Gang auf die Toilette ist während der Pause verboten. Dafür muß die Arbeitszeit benutzt werden, rief Grabow.
Von 12 bis 15 Uhr Mittagspause. Alle Arbeiter nehmen gemeinsam mit den technischen Zeichnerinnen an einer Tafel Platz. Das Mittagessen wird von der Betriebsleitung serviert, sagte Pohlandt.
Jeder Arbeiter hat Anspruch auf die gleichen Ferien wie die Schulkinder, rief Ramtur.
Heben wir unser Glas darauf, daß der Kollege Fastnacht als Leiter des Neuererbüros alle genannten Vorschläge zur Realisierung bringen kann, sagte Pohlandt.

2

Es ist hier sehr schön. Nach dem Unterricht spielen wir Volleyball oder schlafen, schrieb Fastnacht. Wir sind hier zu viert in einem Zimmer, lernen zusammen für die Prüfung, gehen zusammen ins Kino oder unterhalten uns über alles, was uns einfällt. Am Sonntag waren wir auf dem Burgberg bei Meißen und haben uns die Albrechtsburg angesehen, in der früher eine Fürstenschule war.
Das Geld schicke ich dir zurück. Ich weiß nicht, wie ich es hier verbrauchen könnte.
Viele Küsse
Jürgen

der ball. der ball. halt ihn doch. so kann man leben. luft. laufen bis die lunge platzt. der offene himmel. schieß rüber, mann. warum schießt er nicht. wie das gras riecht.

Die Ursachen der Niederlage und Folgen des deutschen Bauernkrieges, sagte Bosse.
Die mangelhafte Entwicklung Deutschlands machte eine Zentralisation unmöglich, sagte Fastnacht. Die Fürsten waren der einzige Stand, dem jede Veränderung der gesellschaftlichen und politischen Verhältnisse zugute kam.
Nicht so schnell, sagte Prokop.
Die lokale Zersplitterung und die daraus hervorgehende Borniertheit verhinderte ein konzentriertes, nationales Auftreten der Bauern und Bürger. Die verschiedenen Waffenstillstände und Verträge konstituierten Akte des Verrats an der gemeinsamen Sache. Auch 1848 kollidierten die Interessen der oppositionellen Klassen untereinander. Im Gegensatz zu der Revolution von 1525 war die Revolution von 1848 jedoch keine deutsche Lokalangelegenheit. Sie war Glied in der Kette großer europäischer Veränderungen.
Was ist ein Ablaßbrief, sagte Krollmann.
Mit den steigenden Bedürfnissen erfand die Kirche neue Mittel zur Befriedigung und zur Beschaffung materieller Mittel. Mit den Ablaßbriefen sollten die Bauern sich die Vergebung ihrer Sünden erkaufen. Große Summen wanderten aus Deutschland nach Rom. Der Druck vermehrte nicht nur den Haß auf die Kirche, sondern erregte auch das Nationalgefühl. Wenn das Geld im Kasten klingt, die Seele in den Himmel springt. In keinem Land wurden die Kirchensteuern mit größerer Akribie eingetrieben, als in Deutschland, sagte Fastnacht.
Du bringst es noch zum Professor, Fastnacht, sagte Bosse.
Nun will ich dir von mir berichten, lieber Jürgen. Du wirst es nicht glauben, aber ich bin am Sonnabend ausgegangen. Im Klubhaus sollte am Abend Tanz sein. Ich verabredete mich mit meiner Schwester um 19 Uhr am S-Bahnhof Schöne-

weide. Als wir im Klubhaus ankamen, erfuhren wir, daß der Tanz ausfällt. Dann gingen wir zu meiner Schwester in die Wohnung. Als wir dort ankamen, war ihr Mann da und er fragte uns, ob wir nicht zum Tokayerkeller fahren wollten. Wir fuhren um 19.45 Uhr weg. Am S-Bahnhof Warschauer Straße warteten wir auf einige Freunde meines Schwagers. Sie kamen und kamen nicht und als wir losgehen wollten, kamen sie endlich. Im Tokayerkeller hatte der Tanz schon angefangen, aber wir bekamen alle noch einen Platz. Wir bestellten jeder eine Flasche Sekt. Ich tanzte einige Male mit meiner Schwester. Als es später geworden war, holte mich ein junger Bengel zum Tanz. Dann sollte ich mit ihm etwas trinken gehen, aber ich sagte ihm, daß ich verheiratet bin. Ich wollte nicht mehr mit ihm tanzen, aber meine Schwester sagte: Dein Jürgen wird es in Meißen auch nicht anders machen. Als er wieder mit mir tanzte, fragte er mich, ob er mich wohl nach Hause begleiten dürfe. Ich sagte natürlich nein. Ich sagte: Ich gehe nicht mit einem stockfremden Menschen nach Hause. Er fragte mich noch, was ich am Sonntag mache. Ich sagte: Da bleibe ich zu Hause und schlafe mich richtig aus. Um ein Uhr war der Tanz zu Ende. Mein Schwager schlug vor, noch zu einem seiner Kollegen, der in der Nähe wohnte, zu gehen. Als wir auf die Straße kamen, suchte einer sein Fahrrad. Wir suchten natürlich alle mit, denn wir wollten zusammen in die Wohnung. Wir fanden das Fahrrad nach einer Weile. Dann gingen wir los. Auf einmal merkten wir, daß wir einen verloren hatten. Wir riefen ihn, aber er meldete sich nicht. Dann gingen noch einige zurück, aber sie fanden ihn nicht. Wir gingen zu dem Kollegen nach Hause, holten eine Taschenlampe und suchten in der Gartensiedlung. Dort fanden wir ihn auch. Er lag in einem Erdbeerbeet und schlief. In der Wohnung blieben wir bis drei Uhr nachts. Dann fuhr ich mit meiner Schwester und ihrem Mann nach Hause. Du kannst dir vorstellen, daß es ein schöner Abend geworden ist.

Fastnacht kommt, sagte Krollmann. Herr Ober.
Wie war der Vortrag, sagte Prokop.
Atomenergie ist die Energie der Zukunft, sagte Fastnacht.
Die Frau am Kellnertisch hat Zukunft. Du hast noch nichts getrunken. Frag sie, ob sie sich zu uns setzen will.
Ach.
Beim ersten Mal, da tut's noch weh, sagte Bosse.
Ich dachte, die Berliner sind schneller. Im Urlaub habe ich einen erlebt, sagte Krollmann.
Fastnacht ist Vegetarier. Ein Lichtbildvortrag reicht ihm für den Abend, sagte Prokop.
Das wollen wir mal sehen.

Jetzt gehen Ihre Kollegen, sagte Fräulein Schneider.
Ich bin volljährig, sagte Fastnacht. Wollen Sie einen Kognac?
Rumänischen. Der beste, den sie hier haben.
Was machen Sie in der Porzellanmanufaktur.
Farbenkontrolle.
Statt weiß trag rot, das ist die Farbe der Liebe, sang Fastnacht.
Asien, sagte Fräulein Schneider.
Hier ist es auch schön.
Und nach dem Lehrgang.
Auslandsmontage. Ich gehe nach Japan. Wir liefern Transformatoren für einen Staudamm.
Asien, sagte Fräulein Schneider.
Mit der Zeit wird es auch im Ausland langweilig.

Warum heiraten Sie nicht.
Prüfe, wer sich ewig bindet. Fastnacht lachte.
Ihre Kollegen kommen nicht aus Berlin.
Nein, sagte Fastnacht.

LIEBST DU SIE, FRAGTE MARXENGELS.
ICH WEISS ES NICHT, SAGTE FASTNACHT.
WENN EIN LIEBENDER MENSCH SICH NICHT ZUM GELIEBTEN MENSCHEN MACHT, RIEF MARXENGELS, IST SEINE LIEBE EIN UNGLÜCK.
IN JAPAN SOLL ES FRAUEN GEBEN, DIE VON MÄNNERN DAFÜR BEZAHLT WERDEN, DASS SIE SICH MIT IHNEN UNTERHALTEN, SAGTE FASTNACHT.
KEIN GESCHLECHTSVERKEHR, FRAGTE MARXENGELS. DAS IST DAS SCHÖNE DARAN, FLÜSTERTE FASTNACHT.

Was ich dir gestern erzählt habe, ist nicht wahr.
Was, sagte Fräulein Schneider.
Ich war nie auf Auslandmontage.
Ist doch egal.
Christiane, sagte Fastnacht.
Was.
Nichts, sagte Fastnacht. Ich bin verheiratet.
Werd nicht sentimental. Ich habe den Ring gestern schon gesehen, sagte Fräulein Schneider. Ich muß jetzt zur Arbeit. Nimm deinen Mantel, oder ich schaffe die Straßenbahn nicht mehr.

3

Sie kennen den Meister der Dreherei, sagte der technische Direktor. Ich habe in seiner Abteilung gearbeitet, sagte Fastnacht. Vielleicht können Sie uns helfen. Wissen Sie, ob er trinkt.

Er geht manchmal in die Stumpfe Ecke.

Er trinkt während der Arbeitszeit, sagte der technische Direktor.

Ich weiß nichts davon. Ein Dreher steht den ganzen Tag an der Maschine. Ins Meisterbüro kommt er nur am Lohntag oder wenn die Maschine kaputt ist.

Keine falsche Solidarität. Jetzt sind Sie Mitglied der Leitung. Die Arbeitsproduktivität in der Dreherei ist zurückgegangen. Wir sind der Meinung: Der Meister vernachlässigt seine Arbeit. Es kann nicht geduldet werden, daß ein Leiter persönlich unzuverlässig ist.

Ja, sagte Fastnacht.

Wenn er trinkt, wie Sie sagen, verstehe ich, warum seine Arbeit nicht funktioniert. Wahrscheinlich werden wir ihn ablösen müssen.

laufen. nicht mehr an der maschine stehen. keine schicht. laufen. mit pohlandt rauchen. neben dem werkleiter essen. laufen.

Wenn du zwei Maschinen gleichzeitig bedienst, kannst du die doppelte Menge drehen, sagte Fastnacht.

Ich habe zwei Arme, sagte Rosenau. Wenn du mir noch vier baust, kann ich drei Maschinen bedienen.

In eine Maschine spannst du die Teile mit dem langen Schnitt und stellst die Maschine auf automatischen Durchlauf. In der

Zeit, in der die automatisch gedreht werden, bedienst du die andere, auf der die Teile mit kleinem Schnitt aufgebaut sind. Wenn der lange Schnitt fertig ist, gehst du zur ersten Maschine, spannst das Teil aus und ein anderes ein. Dann gehst du wieder zur zweiten und drehst die kleinen Teile mit der Hand weiter.
Sport frei, sagte Rosenau.
Die Maschinen werden so dicht beieinander stehen, daß du dich nur umzudrehen brauchst.
Dreh du dich um, aber paß auf deinen Hintern auf.

Ich halte es nicht mehr aus, sagte Frau Fastnacht. Seit du aus Meißen zurückbist, hast du nicht ein einziges Mal mit mir geschlafen. Was ist los mit dir?
Was soll ich sagen.
Meinst du, ich weiß nicht, schrie Frau Fastnacht, daß du jede Nacht aufstehst und auf der Toilette onanierst wie ein Zehnjähriger. Ich will nicht darüber reden, sagte Fastnacht.
Aber ich, sagte Frau Fastnacht und begann zu weinen. Wen habe ich außer dir. Mit wem kann ich denn darüber sprechen. Soll ich es den Frauen im Büro erzählen und dich schlecht machen, wie es die anderen mit ihren Männern tun?
Nicht weinen, sagte Fastnacht.
Nicht weinen, schrie Fastnacht.

Unsere Bekanntschaft hat nicht lange gedauert, aber sie ist nicht ohne Folgen geblieben. Ich bin im vierten Monat schwanger. Eine Unterbrechung war wegen meiner körperlichen Konstitution nicht möglich. Ich schreibe dir an die Adresse deines Betriebes, damit du zu Hause keine Ungelegenheiten bekommst. Rufe mich sofort im Betrieb an.
Christiane Schneider.

Ich verstehe, der Herr Angestellte hat Angst um seine Stelle: Ehebruch mit Folgen beim Qualifizierungslehrgang. Du sollst nur die Vaterschaftserklärung unterschreiben. Jeden 15. kommt dein Scheck und alles andere ist meine Sache, sagte Fräulein Schneider am Telefon.
Keiner macht Verbesserungsvorschläge, sagte Fastnacht, ich mache alle selbst.
Dann kriegst du ja genügend Prämien, um die Alimente zu zahlen, ohne daß deine Frau auf der Gehaltsabrechnung merkt, was los ist.

TREPPEN, TREPPEN, SAGTE FASTNACHT, WO IST DER AUSGANG.
DER ARBEITER FÜHLT SICH ERST AUSSER DER ARBEIT BEI SICH, SCHRIE MARXENGELS, ZU HAUSE IST ER, WENN ER NICHT ARBEITET UND WENN ER ARBEITET, IST ER NICHT ZU HAUSE, SEINE ARBEIT IST DAHER ZWANGSARBEIT.
ICH BIN ZU HAUSE AUCH NICHT ZU HAUSE, SAGTE FASTNACHT.
DU BIST DOPPELT ENTFREMDET, SAGTE MARXENGELS UND SAH AUS DEM FENSTER.
WIE ALT BIST DU, SAGTE FASTNACHT.
ICH BIN SEIT 100 JAHREN TOT, SAGTE MARXENGELS.
ICH BIN JETZT 36, SAGTE FASTNACHT.

Verbesserungsvorschläge sind ein Ausdruck der Demokratie, sagte der Gewerkschaftssekretär. Deine Aufgabe, Kollege Fastnacht, ist nicht, Verbesserungsvorschläge einzureichen, sondern die Kollegen am Arbeitsplatz zum Denken anzuregen. Wohin kämen wir, wenn der Werkleiter sich an die Maschine stellt und der technische Direktor die Gütekontrolle übernimmt. Wenn die Leitung aus dem Haus ist, tanzt das Chaos auf dem Tisch. Deine Aufgabe ist die Erhöhung der Verantwortlichkeit des Kollegen für seine Arbeit. Sprich mit ihnen, weise sie auf verbesserungswürdige Arbeitsgänge hin. Dein Alleingang nutzt nichts. Du mußt deine Erfahrungen weitergeben, damit sich die Zahl der Neuerer erhöht. Das ist Leistungsmathematik.

Herr Fastnacht ist spendabel, sagte Pohlandt.
Reich meinen Vorschlag als deinen ein, sagte Fastnacht.
Willst du mich bestechen.
Es kostet mich die Stellung, wenn ihr keine Vorschläge macht.
Es ist deine Stellung.
Hier sind 50 Mark.
Die anderen werden mir in den Arsch treten. Ich werfe ihr Geld in den Dreck, wenn die Norm erhöht wird.
Ich mache dir die Zeichnung, sagte Fastnacht, 50 Mark.
Hundert, sagte Pohlandt.

Hier ist ein Vorschlag zur Zweimaschinenbedienung, sagte Fastnacht.
Von wem, sagte der Gewerkschaftssekretär.
Pohlandt aus der Vorfertigung hat ihn eingereicht.
Schreib eine Urkunde und zahle ihm die Prämie aus. So ist es richtig, Kollege Fastnacht. Du bist schon auf dem Weg, die Initiative der Kollegen zu erhöhen.
100 Mark Prämie, sagte Fastnacht.
Gib mir die Urkunde zum Unterschreiben.
Ich bringe ihm das Geld und die Urkunde, sagte Fastnacht.

Wir stellen auf der Messe der Meister von Morgen in Leipzig aus. Deshalb kann ich dich besuchen, sagte Fastnacht.

Will der Vater zum Kind. Dein Sohn ist in der Krippe, sagte Fräulein Schneider.
Ich kann nicht mehr zahlen.
Dann kommt die Klage. Fällt dir kein Verbesserungsvorschlag mehr ein, oder seid ihr schon vollautomatisiert oder was.
Ich bin ein Leiter. Die Arbeiter sollen die Vorschläge selbst einreichen. Ich gebe ihnen schon Geld dafür.
Und.
Es reicht nicht.
Verkauf deinen Fernsehapparat.
Mir fällt kein Vorschlag mehr ein.
Der große Erfinder, sagte Fräulein Schneider.
Ich bin zu lange von der Maschine weg. Ich weiß nicht mehr Bescheid, sagte Fastnacht.

die tür ist abgeschlossen, da ist das fenster. die tür ist abgeschlossen, da ist das fenster. die tür ist abgeschlossen, da ist das fenster.

Ich beglückwünsche Sie, sagte der technische Direktor. Nach den vielen Verbesserungsvorschlägen, die Sie im vergangenen Jahr unter den Kollegen angeregt und die bewiesen haben, daß die Arbeiter an den Maschinen über ihre Tätigkeit nachdenken, haben Sie, Kollege Fastnacht, mit Ihrer Verbesserung an der Spannvorrichtung bewiesen, daß Sie noch immer mit der Produktion verbunden sind. Ich übergebe Ihnen hier Ihre Prämie.

Was ist mit meinem Verbesserungsvorschlag für die Spannvorrichtung, sagte Pohlandt. Zuerst heißt es: Laß dir was einfallen und jetzt gibt es keine Prämie.

Es wird gebaut, wie du es vorgeschlagen hast. Aber es gibt keine Prämie dafür. Der technische Direktor sagt: Es ist kein Verbesserungsvorschlag. Es ist nur eine Änderung.
Hier gibt es auch eine Änderung. Ich kündige, sagte Pohlandt. Es ist nicht meine Schuld, sagte Fastnacht.
Mich brauchst du nicht mehr vom Neuererwesen zu überzeugen. Ich habe mich selbst überzeugt, sagte Pohlandt. Als ich deinen Vorschlag mit meinem Namen eingereicht habe, hast du mir das Geld in den Arsch gesteckt. Und wenn ich einen eigenen mache, gehe ich leer aus. Sei froh, daß es kein Streikrecht gibt, sonst stände hier einiges still.

sie werden mich fertigmachen. sie werden mich anspucken. in der halle und im verwaltungsgebäude. sie werden mich abführen. in handschellen. am pförtner vorbei. sie wird sich scheiden lassen.

Du hast mir versprochen, nicht herzukommen. Hier kann uns jeder sehen, sagte Fastnacht.
Das Geld, sagte Fräulein Schneider.
Wenn Sie etwas zu besprechen haben, gehen Sie vor das Werktor, sagte der Pförtner.
Ich habe keine Prämie bekommen, sagte Fastnacht.
Du weißt, daß ich das Geld brauche, sagte Fräulein Schneider.
Ich weiß.
Es ist nicht gegen dich.
Christiane, sagte Fastnacht.
Ich verlange, was mir zusteht.
Christiane.
Nein.
Warte auf mich. Ich melde mich ab, und wir fahren nach

Rahnsdorf zum Müggelsee. Dort können wir alles in Ruhe besprechen.
Reden, sagte Fräulein Schneider.
Hin und her. Wie Sie Ihre Arbeit machen, möchte ich meinen Urlaub verbringen, sagte der Pförtner.

Von diesem Tisch aus haben Sie Aussicht auf den ganzen See, sagte der Ober. Dort sehen Sie Friedrichshagen, daneben das Strandbad Rahnsdorf.
Ich gehe zu deiner Kaderabteilung, sagte Fräulein Schneider.
Nein, sagte Fastnacht.
Ich kann mich auf dich nicht verlassen. Ich weiß nicht mal, wieviel du verdienst und wieviel du nach dem Gesetz zahlen müßtest.
Ich werde einen Weg finden, schrie Fastnacht. Seid ihr denn alle verrückt.
Ich kenne deine Wege. Sie führen hinter schwedische Gardinen.
Wenn Sie ein Boot wünschen, melden Sie sich bei der Ausleihstelle, sagte der Ober.

ich wollte, sie wäre nicht hergekommen. ich wollte, ich hätte sie nie gesehen. ich wollte, ich könnte sie ersäufen.

Soll ich zurückrudern, sagte Fastnacht.
Ich werde dir jetzt eine Geschichte erzählen, sagte Fräulein Schneider, dann wirst du begreifen, warum ich nicht nachgebe. Als ich neunzehn war, lag ich wegen meiner ersten Abtreibung im Krankenhaus, sagte Fräulein Schneider. In der gleichen Abteilung lag eine Frau zur Nachbehandlung. Sie war aus Berlin nach Meißen transportiert worden, weil

sie in Meißen wohnte. Sie hatte bei einem Urlaub einen Ingenieur kennengelernt. Als sie zurückkam, merkte sie, daß sie schwanger war. Sie wartete. Dann schrieb sie ihm einen Brief, an die Adresse in Berlin, die er ihr gegeben hatte. Er antwortete nicht. Sie wartete wieder. Als sie im siebenten Monat war, fuhr sie nach Berlin und suchte seine Wohnung. Die Straße gab es nicht.

Sie ging in seinen Betrieb. Er wurde gerufen. Er kam und sagte, daß sie alles falsch verstanden hätte. Dann ging er zurück in den Betrieb. Sie wartete vor dem Eingang. Als Schichtschluß war, kamen einige Leute aus seiner Abteilung heraus. Sie sprach mit ihnen und erfuhr, daß er verheiratet war. Als er kam, fragte sie ihn danach, aber er sagte: Ich liege in Scheidung. Sie gingen zusammen in Klärchens Ballhaus. Sie tanzten. Er sagte: Ich gehe Zigaretten kaufen. Sie wartete. Er kommt nicht zurück. Die Männer kommen an ihren Tisch. Die Männer setzen sich auf den Stuhl. Sie wartet. Die Männer fassen ihr auf den Bauch. Sie weint. Er kommt nicht. Sie wartet die ganze Nacht. Es ist die schlimmste Nacht, die sie erlebt hat. Die Männer sagen: Ich taufe dein Kind. Sie gießen das Bier über ihren Bauch. Keiner hilft ihr. Sie wartet. Am Morgen wird die Kneipe geschlossen. Mit nassen Kleidern geht sie in seinen Betrieb. Die Kaderleiterin sagt: Er ist nicht zur Arbeit gekommen. Sie arbeitet drei Tage als Aushilfe in diesem Betrieb. Die Betriebsleitung erlaubt ihr, im Frauenruheraum zu schlafen. Am vierten Tag wird sie gerufen: Der Mann ist in den Westen gegangen.

Sie hatte eine Frühgeburt und wurde zur Nachbehandlung nach Meißen gebracht. Als sie dort hörte, daß die Mauer gebaut ist und die Grenze zu, sagte sie zu mir: Ich habe nicht lange genug gewartet. Ich habe auf seinen Brief fünf Monate gewartet. Ich hätte auch drei Wochen länger warten können.

Wäre ich drei Wochen später nach Berlin gefahren. Man muß den richtigen Moment erwischen. In der Kneipe hat sie zu lange gewartet. Dort war es schon zu spät.
Soll ich zurückrudern, sagte Fastnacht.
Ich gehe morgen zu deiner Kaderleitung, sagte Fräulein Schneider. Ihr Sohn muß heute acht Jahre alt sein. Sie wollte nicht den Mann für die Ehe, sie wollte nur ihr Recht.

Wir haben alle die Beurteilung der Kollegen gehört, sagte der Vorsitzende der Konfliktkommission. Niemand hat vermutet, daß Jürgen Fastnacht zu solchen Handlungen fähig sein könnte. Alle kannten ihn als einen vorbildlichen Kollegen. Seine Handlungsweise ist uns unverständlich. Warum hat er sich nicht an seine Kollegen gewandt, als er in Schwierigkeiten war. Auf alle diese Fragen hat er uns keine zufriedenstellende Antwort gegeben. Er hat die Betriebsleitung getäuscht, als er Arbeiter bestochen hat, Verbesserungsvorschläge einzureichen, weil er nicht imstande war, sie von der Notwendigkeit zu überzeugen. In Wahrheit hat er zu diesem Zeitpunkt keine Arbeit unter den Kollegen geleistet, die zur Erhöhung ihrer Initiative geführt hat, wie er es der Betriebsleitung weismachen wollte.
Später hat er die Prämie, die dem Kollegen Pohlandt für seinen Vorschlag zustand, in die eigene Tasche gesteckt und als Alimente verwendet, damit seine Frau nicht von dem unehelichen Kind erfährt. Er hat dem Kollegen vorgelogen, der Vorschlag sei zwar eingeführt, aber nicht als Neuerung anerkannt. Er hat diese Entscheidung der Betriebsleitung zugeschrieben, um selbst nicht verdächtig zu werden. Damit hat er das Vertrauen in die Leitung untergraben.
Kollege Fastnacht sagt hier: Ich wußte nicht mehr, was ich machen sollte. Wir können diesen Satz nicht akzeptieren.

Hätte er uns gefragt, hätten wir ihm geholfen. Schließlich leben wir in einer neuen Gesellschaft. So ist er immer tiefer in seine Unterschlagungen und Lügen hereingekommen.
Auf der einen Seite sehen wir die großen Verdienste des Kollegen. Er hat mit seinen Vorschlägen dem Betrieb großen Nutzen gebracht. Schon vor seiner Berufung zum Leiter des Büros für Neuererwesen kann der Nutzen auf über eine Million Mark beziffert werden. Auf der anderen Seite hat er unsere Arbeiter betrogen, ihnen das Geld für ihre Ideen gestohlen und das Vertrauen gebrochen.
All dies ist nur dank der Wachsamkeit der Kollegen der Dreherei und dank dem Mut von Fräulein Schneider ans Licht gekommen.
Wir haben darauf verzichtet, den Fall einem Gericht zu übergeben, weil wir der Meinung sind, daß diese Angelegenheit eine Sache des Betriebes ist. Wem würde es nutzen, den Kollegen Fastnacht in ein Gefängnis zu bringen. Er soll mit seiner Arbeit beweisen, daß es ihm ernst ist mit den Versprechungen, die er uns vorhin gemacht hat. Außerdem muß er für das Kind in Meißen aufkommen. Das kann er nur durch seine Arbeit. Er muß dem geschädigten Kollegen sein Geld zurückzahlen. Wie wir gehört haben, will sich seine Frau von ihm scheiden lassen. Er ist außerdem gestraft mit seiner Absetzung als Leiter des Neuererbüros. In seiner alten Abteilung wird er von heute an wieder als Dreher tätig sein und sich zu bewähren haben. Dies ist der Beschluß der Konfliktkommission.

RIEGEL VOR, AUF DAS TOILETTENBECKEN, GÜRTEL AUS DER HOSE, KNOTEN AN DIE SPÜLUNG, LEDER UM DEN HALS.
WOHIN WILLST DU, SAGTE MARXENGELS, WAS SOLL

AUS DER DEUTSCHEN ARBEITERKLASSE WERDEN, WENN DU DICH HIER AUF DER TOILETTE AUFHÄNGST.
WAS SOLL AUS MIR WERDEN, WENN ICH MICH NICHT AUFHÄNGE, SAGTE FASTNACHT.
AUF DEN KAPITALISMUS, SAGTE MARXENGELS, FOLGT DER KOMMUNISMUS ODER DIE HOCHTECHNOLOGISIERTE BARBAREI. KOMM RUNTER, FASTNACHT.
GEH MIR VOM HALS VOLLBART, SAGTE FASTNACHT, HIER IST BESETZT.

Willkommen im Tal, sagte der Meister, hier hast du nichts mehr zu lachen, Freund. Wahrscheinlich dachtest du, ich bin abgesetzt, nachdem du mich oben als Säufer verpfiffen hast. Du brauchst nichts zu sagen, ich weiß alles vom technischen Direktor.
Das kommt dabei raus, wenn man der Obrigkeit in den Arsch kriecht, sagte Frau Grasemann.
Herzlichen Gückwunsch, sagte Rosenau, jetzt bist du wieder Mitglied der herrschenden Arbeiterklasse.
Nachtschicht macht munter, sagte Kirsch.
Bin ich tot, sagte Fastnacht. Ich habe mich doch aufgehängt.

BIN ICH TOT.

Spann das Teil ein, schrie der Meister, du hast lange genug Schonzeit gehabt.

Ausschuß

Als sie von der Spätschicht hereinkamen, saßen die beiden schon an Ritas Tisch. Rosenau und Kirsch setzten sich in die Ecknische daneben, die anderen gingen an die Theke.
Was sagst du dazu, fragte Kirsch und sah zum Nebentisch.
Erstmal das Bier, sagte Rosenau, Gertrud, zwei Bier.
Die Kellnerin brachte das Bier. Jetzt kam Pohlandt, drängte sich an Ritas Tisch vorbei, tippte Rosenau auf die Schulter und sagte leise mit einem Kopfnicken zur Seite:
Was ist denn jetzt los? Was will sie denn mit denen?
Soldaten, das sind schöne Leut, sagte Kirsch und lachte.
Pohlandt setzte sich zu ihnen:
Also, was ist? Hast du dir das überlegt mit den Zwölfstundenschichten?
Hör wenigstens in der Kneipe davon auf, sagte Rosenau.
Es ist nur für ein Vierteljahr, sagte Pohlandt, und du bist der einzige, der nicht mitmacht.
Schweres Geld, sagte Kirsch, oder hast du jetzt bessere Quellen.
Er lachte und schlug Rosenau auf die Schulter.
Sogar die Grasemann macht mit und die ist fünfzig.
Bestell erst mal was, sagte Rosenau.
Sie tranken noch drei.
Frühschicht von sechs bis sechs, sagte Pohland, Nachtschicht von sechs bis sechs. Nach neun Stunden 50% Aufschlag.
Arbeiten, essen, schlafen. Arbeiten, essen, schlafen, sagte Rosenau.
Garantiert warmes Essen in der Nachtschicht.
Piß ich drauf.

Sei nicht blöd, sagte Kirsch, Kies kannst du immer gebrauchen. Pohlandt stand auf.
Der wird schon mitmachen, sagte er und ging zu den anderen nach vorn an die Theke.
Rosenau hob den Arm und rief:
Zwei halbe, zwei kurze, Gertrud.
Für uns auch, rief der eine von Ritas Tisch.
Was heißt hier: auch, sagte Rosenau und drehte sich halb in seinem Stuhl um.
Der andere sprach weiter mit Rita und dem zweiten.
Rosenau klopfte gegen die Stuhllehne:
Ich hab dich was gefragt. Was heißt hier: auch?
Der ist was Besseres, sagte Kirsch, mit solchen wie uns redet der nicht.
Tatsächlich, fragte Rosenau in den Rücken des andern.
Steck deine Nase in dein Bier, sagte Rita.
Wer redet denn mit dir.
Laßt den.
Rita winkte ab. Die Kellnerin hatte sich mit dem Tablett bis zu den beiden Tischen gedrängt, stellte die Gläser vor Rosenau und Kirsch, wandte sich um und wollte eben die anderen Gläser auf den Nebentisch stellen, als Rosenau sagte:
Die Herrschaften hatten nichts bestellt, Gertrud. Die Herrschaften wünschen jetzt nichts zu trinken.
Mach keinen Stunk, Rosenau, sagte die Kellnerin und stellte die Gläser ab.
Rosenau stand auf, schob sie beiseite und trank einen der drei Schnäpse aus.
Paß auf, Mann, sagte der Soldat neben Rita.
Laß ihn, sagte Rita, es hat keinen Sinn.
Rosenau nahm das zweite Glas und trank es aus. Er wartete,

dann trank er das dritte Glas aus. Die Kellnerin wandte sich zu ihm. Das geht auf deine Rechnung, Rosenau.
Die Herrschaften hatten ihn doch eingeladen, rief Kirsch, war doch laut und deutlich zu hören, oder?
Du täuschst dich, Kirsch, sagte Rosenau, seit wann laß ich mich von Sachsen in Uniform einladen?
Er beugte sich herunter, stützte sich auf die Tischplatte und streckte seinen Kopf dicht vor das Gesicht des zweiten Soldaten:
Oder ist der Herr nicht aus Sachsen? Gib doch mal eine Dialektprobe.
Hau ab, sagte Rita.
Lassen Sie uns in Ruhe, sagte der Zweite.
Oh, der Herr Soldat spricht hochdeutsch, rief Rosenau und schlug auf den Tisch. Er wandte sich zu den anderen Tischen:
Habt ihr das gehört? Wo hat er das wohl gelernt, auf der Universität. Wir sollen ihn in Ruhe lassen, hat er gesagt. Er will doch nur in Ruhe seinen Dienst an der Mauer machen, unsere schöne Grenze bewachen und abends in unserer Kneipe unser Bier trinken.
Rita wandte sich zu den Soldaten:
Laßt euch nicht verrückt machen. Er ist scharf auf Prügelei, und ihr geht nachher in den Knast wegen Verspätung.
Fräulein Rita weiß Bescheid, sagte Kirsch.
Lassen Sie das Fräulein in Ruhe, sagte der Soldat, der neben Rita saß.
Ich höre immer Fräulein, sagte Rosenau, willst wohl mit ihr ins Bett?
Halt endlich deine Schnauze.
Rita nahm die Hand des Soldaten neben ihr.
Willst du wirklich mit der ins Bett? fragte Rosenau, zog sei-

nen Stuhl herüber an Ritas Tisch und setzte sich. Überleg dir das genau, Kumpel.

Halts Maul, sagte der erste Soldat.

Fang nicht auch noch an.

Rita drehte Rosenau den Rücken zu.

Ich werde dir jetzt eine Geschichte erzählen, sagte Rosenau, dann läßt du freiwillig die Finger von ihr.

Uns interessieren deine Geschichten nicht, sagte der zweite Soldat.

Laß ihn, sagte der erste, soll er sein Zeug erzählen. Dann gibt er Ruhe.

Es war still geworden, und alle sahen von ihren Gläsern zu dem Tisch in der Ecke.

Na bitte, sagte Rosenau, wenigstens einer, der mich versteht. Also: Es war einmal ein schöner junger Mann, der kehrte von der Armee zurück nach Hause und hatte große Pläne. Er wollte sehr reich werden, mit einem Auto fahren und in einer schönen Wohnung wohnen. Deshalb begann er in unserer Brigade als ungelernter Arbeiter und war sehr fleißig. Von früh bis spät arbeitete er und meldete sich freiwillig zu jeder Zusatzschicht. Aber das Geld reichte ihm nicht, und so beschloß er, sich nach der Arbeitszeit bei einem Lehrgang zum Facharbeiter zu qualifizieren. Nun brauchte er nicht mehr nachts in der Schicht zu arbeiten, weil er abends in die Schule mußte, und die bösen Kollegen waren sehr neidisch auf ihn. Nur die schöne Märchenprinzessin, Rita war ihr Name und sie war gerade aus dem Jugendwerkhof entlassen, hielt zu ihm. Eines Tages aber geschah es, daß der schöne junge Mann aus Versehen die Vertikaleinstellung an seiner Fräsbank verschob und 120 Kontaktstücke zu Ausschuß machte. Das bemerkte der Brigadier Pohlandt, der da drüben an der Theke steht, und sagte zu dem schönen jungen Mann:

Wenn du noch einmal Ausschuß machst, kannst du dir deine Qualifizierung in den Wind schreiben, weil ich dem Meister melden muß, daß die Abendschule deine Konzentration überfordert und deine Arbeitsleistung vermindert. Da war der junge Mann sehr traurig und ängstlich. Er wollte doch so gern nach der Qualifizierung an einer vollautomatischen Fräsbank arbeiten, im Kittel herumlaufen, Milch trinken und Kreuzworträtsel lösen. Wie es das böse Schicksal aber will, geschah ihm das Mißgeschick zum zweiten Mal. Diesmal hatte er 300 Unterlegscheiben zu Ausschuß gemacht. Was nun, dachte der schöne junge Mann, alles vorbei: Abendschule, Vollautomatik, Geld und das schöne neue Leben. Er fragte seine schöne junge Märchenprinzessin. Die antwortete ihm: Versteck die Unterlegscheiben hinter der Halle, heute nacht kriechen wir über den Zaun und werfen sie hinter der Montagehalle in die Spree. Gesagt, getan. In der Nacht stiegen sie über den Zaun, schleppten die schwere Kiste im Dunkeln bis an die Spree und wollten sie am Ufer versenken. Da geschah das Schreckliche. Die Märchenprinzessin rutschte aus, stürzte mit der schweren Kiste auf einen Stein und dann ins Wasser. Der Märchenprinz rettete sie, aber alles kam heraus, der junge Mann kam vor die Konfliktkommission und wurde bestraft. Keine Qualifikation mehr und wieder Schicht. Das war dem jungen Mann zuviel. Er verließ den Betrieb und wollte in einer anderen Fabrik wieder versuchen, ein glückliches Leben zu beginnen. Die Märchenprinzessin aber verließ er auch. Und weißt du warum. Sieh mal unter den Tisch.
Du bist ein Schwein, sagte Rita.
Die Kiste hatte sie so gegen die Hüfte getroffen, sagte Rosenau, daß ihr linkes Bein für immer steif blieb. Deshalb hat sie ihr Märchenprinz, unser lieber Kollege Gröbe, sitzenlas-

sen. Ihr habt das Bein wohl nicht gesehen, als ihr reingekommen seid, oder. Pech, hättet ihr es gesehen, hättet ihr die Finger gleich von ihr gelassen.
Sind Sie jetzt fertig, sagte der erste Soldat, können wir jetzt unsere nächste Lage bestellen.
Ihr habt hier nichts mehr zu bestellen, schrie Rosenau.
Die Armee soll sich ihre eigenen Kneipen suchen, sagte einer von der Theke.
Vielleicht sollten wir denen mal anständig den Marsch blasen, schrie Kirsch.
Was machst du denn, dumme Ziege, sagte Rosenau und sah Rita an, die wollen dich für eine Nacht und dann gehen sie in die Kaserne und erzählen, wie sie dich rumgekriegt haben.
Quatsch doch nicht mit denen, schrie Kirsch, die sollen ihre Koppel nehmen und ihre Mützen und abhauen. Laß dich doch nicht zum Idioten machen.
Raus, sagte Rosenau zu den Soldaten, los.
Geh nicht, sagte Rita zu dem Soldaten neben ihr. Hör jetzt auf, Rosenau. Geh an die Theke, kauf dir ein Bier auf meine Rechnung und geh nach Hause.
Ihr sollt rauskommen, schrie Rosenau, oder wollt ihr euch hinter einem Krüppel verkriechen.
Feige Schweine, sagte Kirsch, wenn sie keine Knarre haben, ist nichts mehr von ihnen übrig.
Er sprang auf und stellte sich hinter Rosenau. Rosenau beugte sich nach vorn, riß den Soldaten neben Rita vom Stuhl hoch, zerrte ihn hinter dem Tisch hervor und stieß ihn nach vorn auf den Ausgang zu.
Warum glotzt ihr denn alle so, schrie Rita. Warum macht ihr denn nichts.
Der zweite Soldat sprang auf, nahm die Koppel und die Mützen und stürzte hinter den beiden aus der Tür.

Jetzt gehts los, rief Kirsch und lief hinterher.
Es war still. Rita legte den Kopf auf die Tischplatte und begann zu weinen.
Ruf das Überfallkommando an, sagte der Wirt hinter der Theke zur Kellnerin.
Nicht mehr nötig, sagte sie und wies auf die Tür, durch die Rosenau und Kirsch wieder hereingekommen waren. Quer über Rosenaus Gesicht lief ein langer blutiger Schnitt.
Feige Hunde, keuchte Kirsch und lehnte sich gegen die Wand. Als wir draußen sind, kommt ein Taxi, der Lange dreht sich um und reißt Rosenau das Koppelschloß übers Gesicht. Bevor wir was machen konnten, waren die beiden im Taxi und weg.
Rita stand auf und hinkte zur Theke:
Zahlen.
Sieh ihn dir an, schrie Kirsch, wie er aussieht.
Rosenau ließ sich auf einen Stuhl neben der Theke fallen.
Laß sie in Ruhe.
Mit dir bin ich fertig, Rosenau, sagte Rita und begann das Geld auf die Theke zu zählen.
Was heißt fertig, schrie Kirsch, dreh dich um und sieh ihn dir an.
Rita drehte sich zu Rosenau:
Daß du so billig bist, habe ich nicht gedacht. Du hast recht gehabt, als du mir gesagt hast, daß Gröbe ein feiger Hund ist, wenn es Ernst wird, aber du bist nicht besser. Du hast es bis heute nicht verkraftet, daß ich immer wieder nein gesagt habe, wenn du mir deine Briefe unter den Schraubstock geschoben hast: Liebe, Liebste, Schönste und so weiter.
Sie zwängte sich an Rosenau vorbei, legte die Hand auf die Klinke:

Das ist der ganze Grund für das Theater, das du heute abend aufgeführt hast.
Nein, sagte Rosenau, das ist nicht der ganze Grund.
Doch, sagte sie, zog das Bein nach und warf die Tür hinter sich zu.
Nein, schrie Rosenau und stand auf. Glotz nicht, Pohlandt. Ich bin fertig. Los, fang schon an zu quatschen von deiner Zwölfstundenschicht.

Eulenspiegel

Von seinem Tod berichten vier Überlieferungen:
Nach der ersten wurde er in Sangerhausen von Bauern erschlagen, als er ihnen ihre bevorstehende Niederlage im Kampf gegen die Fürsten wahrheitsgemäß voraussagte und sich weigerte, mit ihnen gegen Mühlhausen zu gehen.
Nach der zweiten entkam er den Knüppeln der Bauern, wurde von den Soldaten des Herzogs von Sachsen in Mühlhausen aufgegriffen und als Späher der aufständischen Bauern im Narrenkostüm auf dem Marktplatz erhängt.
Nach der dritten Überlieferung rettete ihn der Herzog Georg von Sachsen, nachdem Eulenspiegel die Bürger der Stadt mit seinen Verrenkungen unter dem Galgen vor Lachen fast um den Verstand gebracht hatte, ließ ihn zur Siegesfeier auf sein Schloß bringen und zu Tode kitzeln, als Eulenspiegel kein Witz über die Dummheit der Bauern mehr einfiel.
Nach der vierten entkam er den betrunkenen Fürsten, ging vier Jahre lang unerkannt durch das Land, die Bauern zur Tötung des Verräters Eulenspiegel aufrufend und wurde schließlich vor dem Grabstein, den die Bürger der Stadt Mölln dem unsterblichen Clown Eulenspiegel gesetzt hatten, von Kindern wegen der Verhöhnung ihres totgeglaubten Helden erstochen.
Alle vier Überlieferungen aber berichten übereinstimmend vom Besuch des toten Eulenspiegel in der Berliner Universität:
In den leeren Fluren ging sein Atem schwer, und er öffnete fünfhundert Türen zu fünfhundert Zimmern, und jedes Zimmer erschien ihm ein Jahr. Am Ende kam er in den großen Saal in der Mitte des Hauses und er sah die Professoren

über den Büchern sitzen. Er schloß die große Tür und fragte die Männer, was besser sei: Wenn einer tut, was er kann, oder wenn einer tut, was er nicht kann. Die Männer sahen auf und begannen zu sprechen. Jeder soll tun, was er kann, sagten die einen, und die anderen sagten, daß keiner tun soll, was er nicht kann.

Es war ein großes Geschrei in der Halle, und dann fielen die Männer erschöpft in ihre Stühle zurück. Aber dann begannen sie wieder zu schreien, und einer nach dem anderen lief aus dem Saal, so daß Eulenspiegel am Ende allein dastand. Da sprang er auf den Tisch, der in der Mitte stand, und begann zu schreien, und die Schreie kamen von den Wänden zurück als ein Flüstern, das noch lauter war als seine Schreie und seine Ohren betäubte und nicht aufhörte, als er aus der Halle ging und an den fünfhundert Zimmern vorbei, an den fünfhundert Jahren, in denen die fünfhundert Männer jetzt saßen als fünfhundert Denkmäler und auf ihre Bücher starrten. Da begann er zu laufen, schneller und schneller, und als er auf die Straße herauskam, schien ihm, als bewegte sich nichts mehr: Kein Mann und kein Ast und kein Fahrzeug. Da blieb er stehen und bewegte sich auch nicht mehr.

Nachwort

»Vor den Vätern sterben die Söhne«; es ist lange her, daß Thomas Brasch seinem ersten oder, wenn man »Hahnenkopf«, das bereits 1975 von Bernd Jentzsch in der DDR verlegte »Poesiealbum«, auch ein solches nennen will, zweiten Buch diesen Titel gab, der so ungeheuer – im wahrsten Sinne des Wortes – einfach klingt. Auf den ersten Blick, mit dem man sich nie und erst recht nicht beim Brasch-Lesen begnügen sollte, scheint alles klar. Die Söhne sterben früher als die Väter. Doch ist nicht schon diese, dem Satz unleugbar eingeschriebene Behauptung eine Provokation wider die Natur, selbst wider die Natur des, wie wir alle wissen, längst nicht mehr natürlichen Menschen? Gewiß, immer mal wieder wollte und will es das Schicksal, in Gestalt eines tödlichen Unfalls oder einer Krankheit oder einer – trotz der Grußformel, die das Gegenteil beschwor – *heil*losen Politik, daß der eine oder andere Sohn vor seinem Vater starb und stirbt; und sicher, gerade deutsche Väter lebten, wenn sie schon zu alt waren, um vor oder mit ihnen in den ersten oder zweiten Weltkrieg zu ziehen, länger als ihre Söhne. Aber der Satz heißt ja nicht: *Viele* Söhne *starben* vor den Vätern. Und auch nicht: *Manche* Söhne sterben vor *ihren* Vätern. Nein, bei Brasch sind Sohn und Vater, Subjekt und Subjekt des Nebensatzes der Präposition, zwei im Plural und sich gegenüber stehende Prototypen, voneinander getrennt und ebenso eng miteinander verbunden durch ein einziges, als Prädikat fungierendes Wort, das womöglich existentiellste Verb unserer Sprache: sterben. Es sind also alle Söhne, und nicht etwa auch die oder gar alle Töchter, die vor allen Vätern sterben, und nur vor allen Vätern, nicht vor allen Männern, denn alle Männer sind Söhne, aber nicht all diese Söhne werden auch Väter.

Doch der dichte, in seiner festen, dennoch nicht starren Struktur Brasch unverkennbar als Poeten ausweisende Titelsatz hat mindestens zwei weitere Facetten; zum einen hat er, und das mußte Thomas Brasch bitter erfahren, als kurz nach Erscheinen des Buches sein mittlerer Bruder, der Schauspieler Klaus Brasch, starb, den Gestus einer »self-fulfilling prophecy«, zum anderen legt er nahe, daß die Söhne, wenn sie früher sterben als die Väter, dies auch *vor deren Augen* tun. Ja, es geschieht ihnen nicht, sondern sie tun es; dieses Sterben ist aktiv, nicht passiv, und damit die radikalste Form des Protestes – der Söhne gegen die Väter, genauer das Prinzip Vater, das Brasch, zumindest in diesem Buch, ausschließlich als ein autoritär-hierarchisches begreift und somit aus der nur familiären Verankerung reißt – ohne daß er es dabei bewenden ließe, denn diese Erkenntnis hilft ihm, die Väter zu überführen – wieder im mehrfachen Sinne: Zum Ersten in den Status derer, die das Sagen und die Macht haben, zum Zweiten als die für diesen unverantwortlichen Zustand Verantwortlichen, die in Sprechblasen die ach so herrliche, allerdings noch ziemlich ferne Zukunft (der Söhne der Söhne?) preisen, dabei aber bloß Knäste bauen (lassen, von den Söhnen für die Söhne) oder am Denkmal zu Ehren der eigenen angeblich so ruhmreichen Vergangenheit, auf daß die der »Nachwelt«, wie sie's nennen, »immer gegenwärtig, immer Beispiel, immer Vorbild bleibe«, und zum Dritten in die – von den Vätern mehr als alles andere gefürchtete – Rolle der von den Söhnen Entmachteten. Denn wen wollen die Väter beherrschen, wem ihr Die-Partei-Der-Erfahrenen-Hat-Immer-Recht-Muster aufbrennen, wenn die Söhne beschließen, lieber zu sterben, als zu erben?

Der radikal poetische Titel brachte noch in anderer als der schon erwähnten Hinsicht Unglück über Thomas Brasch. 1977, im Jahr seiner Ausreise und dem der erstmaligen Drucklegung seiner bis dahin entstandenen Prosatexte beim Berliner Rotbuch Verlag, fiel Brasch auch einem größeren Kreis von westdeutschen, österreichischen und Schweizer Lesern – und speziell denen mit der Lizenz zur Rezension – in die Hände, oftmals aber leider eher als Dissident denn als Dichter. Leicht verführt von der allgemein bekannten deutschen Geschichte, den damaligen deutsch-deutschen Be- und Empfindlichkeiten und sicher auch der persönlichen Geschichte des »Rebellen mit den hungrig brennenden Augen«, übersahen viele der Journalisten, die meinten, dies Buch in ihrer Zeitung besprechen zu müssen, den Plural und deuteten Titel wie Inhalt als Früchte eines Konfliktes, nämlich des Konfliktes eines realen Sohns Thomas Brasch, der »aus politischen Gründen« in Haft gewesen war, mit dessen realem Vater Horst Brasch, der (in Tateinheit mit anderen Vätern) »aus wohl ebensolchen Gründen« dafür gesorgt hatte, daß jener (und nicht nur er) dorthin kam; und nun habe der Autor eben versucht, den »Zweikampf« gegen den Funktionär »doch noch zu gewinnen, in seinem Buch«. Wo denn auch sonst?! Ich weiß nicht, was dieselben Rezensenten geschrieben hätten, wenn ihnen die für eine derartige Auslegung so schön präsenten »Indizien« nicht zur Verfügung gestanden hätten, wenn Brasch irgendein Sohn irgendeines Drehers aus Glauchau, Kuhschnappel oder Meuselwitz gewesen wäre; auf jeden Fall hätten sie sich mehr Mühe machen müssen als etwa dieser ihrer Kollegen, der, wie mir scheint, nicht ohne Neid, folgendes zum besten gab: »Was bei Brasch hinzukommt, was ihn von den ›Arbeiterkindern‹ Faust, Fuchs oder Pannach unterscheidet, ist die Auseinanderset-

zung mit der Welt der Väter. Brasch ist Sohn eines hohen SED-Funktionärs, er hat auf der Kadettenschule Naumburg die ersten Weihen einer privilegierten Partei-Existenz erhalten, er hat von Kindesbeinen an unschätzbare Einblicke in die hermetische Welt sozialistischen Bonzentums und innerparteilicher Heuchelei gehabt.« Als hätten sich Faust, Fuchs, Pannach, Hilbig, Kolbe ..., und wie wir alle hießen oder noch heißen, damals nicht mit dieser »Welt der Väter« auseinander- oder später, wie Daniela Dahn, sogar wieder zusammengesetzt, als wäre Brasch, und gerade er – gemäß den Standes- und Religionsvorschriften »des ersten sozialistischen Arbeiter- und Bauern-Staates auf deutschem Boden« –, kein »Arbeiterkind« gewesen, als bekäme man auf einem verschärften Internat, eben einer Kadettenschule, noch dazu einer, die Jungs ab dem sechsten Lebensjahr, also von »Kindesbeinen an«, dem – wie auch immer gearteten – Einfluß ihrer Eltern entzog, um sie für die Offizierslaufbahn in der »Nationalen Volksarmee« der DDR zu präparieren, irgendwelche »Weihen«, und gar die einer »privilegierten Partei-Existenz«, als habe dieser Rezensent weder soziale noch sonstige Phantasie, ja, als habe er nicht einmal Mann oder Musil gelesen. – Und wenn es diesem oder jenem (»Bonzen«-) Sohn aus den verschiedensten Gründen zunächst nicht gelang, vor den Vätern zu sterben, *solche* Interpretationen haben auf andere Art soviel Mörderisches. Heiner Müller erzählte, ungefähr zu dieser Zeit, daß er den Brasch getroffen und der gesagt hätte: »Klar kannst du hier selbst bestimmen, was oder wer du bist, aber wie sie dich sehen oder sehen wollen, das bestimmen immer noch die anderen.«
Thomas Brasch, wer wollte es leugnen, erntete auch viel Lob für seine vor den Vätern sterbenden Söhne, die damals auf allen Bestseller-Listen standen, nur lobten ihn selbst die

Richtigen meist für das Falsche. In jenen Jahren des kalten Krieges wurde von einem, der aus dem Osten kam, einfach nichts anderes erwartet als DDR-Literatur, natürlich gute, eben kritische, DDR-Literatur, und gleichzeitig waren dort »geerdete« Gedichte, Erzählungen, Romane oder Stücke der sichere Weg ins tiefste Mißverständnis. Da konnte einer, der dem Zwang, ein Dissident zu sein, entrinnen und im Grunde nur von seiner eigentlichen Arbeit, der als Autor, leben wollte, noch so oft sagen, daß er keine DDR-Literatur schreibe, daß ihn das Nationale an Literatur, egal welcher, ohnehin nicht interessiere, daß die DDR schlicht der Ort sei, an dem er sich bislang seine Erfahrungen zugezogen habe, daß er ins »Transformatorenwerk Oberschöneweide oder ins Kabelwerk Oberspree« nicht gegangen wäre wie »ein Ethnologe zu den Negern«, sondern gearbeitet hätte »wie andere Leute auch«, er kam nicht dagegen an. Viele seiner professionellen Leser interessierte die Folie halt mehr als das, was sich darauf »abspielte« – in »echt« oder in Gestalt schwarzer Buchstaben. Der finstere Witz daran ist, daß der mit ihrem konkurrierende deutsche »Parallel-Staat« auch für diese freundlichen und bemühten Westmenschen eine Art Folie war, die sie nur anders gebrauchten, nämlich als Projektionsfläche für ihre ihnen mehr oder weniger bewußten und auf dem Boden der jeweiligen eigenen Erfahrungen gewachsenen Wünsche, Enttäuschungen, Zweifel.
Um es richtig festzutreten: Für den einen, Thomas Brasch, war die ganze kleine DDR, spätestens seitdem er in immerhin zwei Gefängnissen dieses Gefängnisses gesessen hatte, nichts als ein einziger »Riesenknast«, ein Käfig, von oben bis unten tapeziert mit jenem Material, das dort auch die Mark war für den aus dem gleichen »Stoff« beschaffenen Löffel, den man am Ende abzugeben hatte, dem allgegenwärtigen Alu-

minium, das *ihn* reflektierte, das dem Subjekt Brasch wie ein Zerrspiegel böse, höhnische Bilder von sich zurückgab, in denen er sich nicht erkannte, was ihn begreiflicherweise wütend machte – und einsam, so einsam, daß der den Aluminiumkäfig manchmal wohl schon für die Haut hielt, in der er steckte. Für andere, und anders sozialisierte, war die DDR eine mehr oder weniger weiße Wand, auf die sie bestimmte Vorstellungen von Diktatur-Literatur, Gesellschaft, Politik projizierten – und die Bilder, die in ihren Fotoapparaten, Köpfen oder Artikeln entstanden, beim Reisen, beim Denken, beim Lesen, beim Formulieren, auch beim Lieben und Hassen.

»Beim Schreiben«, sagte Thomas Brasch kurz nach seiner »gar nicht so weichen Landung« im Westen anläßlich eines Interviews, »ist der Schreiber die Welt, nicht die Landkarte.« Aber so deutlich Brasch damals auch zu erklären versuchte, daß seine Literatur auf individuellen Erfahrungen basiere und eben nicht auf spezifischen, DDR-»typischen«, man hörte nicht richtig hin oder glaubte ihm nicht, weil man auf die »Unterschiede zwischen den beiden deutschen Literaturen« ebenso fixiert war wie auf die zwischen den beiden Systemen und diese wiederum auf die Darstellung der – am anderen gemessen – jeweiligen behaupteten oder tatsächlichen Überlegenheit. Wenn aber Rivalität, auch die von Antipathie gegen das »eigene« System getragene, den Blick des Kritikers oder des stilleren Lesers derartig trübt, ist für den Dichter alles zu spät – oder zu früh. – Seit die DDR als deutsche Alternative nicht mehr zur Verfügung steht, ebensowenig wie die gute alte Bundesrepublik, seit es schwer, ja unmöglich geworden ist, die vergangene Realität dieses Staates mit der eigenen, jetzigen Realität, den Details des Alltags und den pseudoähnlichen Wirklichkeitspartikeln zu verglechen, kommen selbst die da oder dort oder woanders und später geborenen und »großgezogenen« Leser ziemlich schnell auf die eigentlichen Glühkerne dieser Prosa, die Brasch ja auch nicht wie Ostereier versteckt, sondern in die Zentren seiner Texte gestellt hat: Arbeit, entfremdete Arbeit, harte und stupide oder sinnlose Arbeit, die dem Menschen, egal wo, zuwider ist, weil ihm solche Arbeit, auf daß er wenigstens sein Leben lang zu fressen habe, das ganze – bloß dafür aber viel zu kurze – Leben wegfrißt. Ob man es nun wahrhaben will oder immer noch nicht, daß, neben Liebe und Tod, auch die Arbeit, die gelingende, die quälende, erst recht die abhanden kommende oder bereits verschwundene, ein originär existentielles Thema ist, und damit ein literarisches, das beweisen Braschs Erzählungen heute mehr denn je. Jetzt, da die Folien zusammengeknüllt im Archiv liegen, erkennt der lesende Mensch bald, daß ihm Brasch keine Geschichten aus volkseigenen Kombinaten erzählt, daß es vielmehr um das Prinzip Industriegesellschaft geht, das Prinzip Produktion, das basiert auf der Beziehung zwischen Mensch und Maschine, auch Mensch und Näh- oder Schreib- oder Fickmaschine, das Prinzip Arbeit, dem sich keiner entziehen kann. Es fällt nicht mehr schwer, zu entdecken, daß der »Zweikampf« eine Produktionsgeschichte ist wie »Fastnacht« oder »Ausschuß«, die Geschichte eines Streiks, in der jemand, Marsyas, die Arbeit verweigert, seine künstlerische Arbeit, weil er sich vor der Jury, die nur aus Apoll-Groupies, aus – Musen genannten – Weibern besteht, nicht zum Affen machen und Apoll genau dies zeigen will: wie tief er drinsteckt in seiner Haut. Und weil ein solcher, wenn auch ganz und gar nicht musikalischer Triumph Apoll sich selbst zum Gespött gemacht hätte, läßt er Marsyas nicht einfach nur töten, sondern ihm beweisen, daß er, der Göttersohn, es wohl versteht, einen Sterblichen herauszuholen aus der Menschenhaut. Das Göttliche an Apoll, erfährt Marsyas im Moment des Todes, ist nicht dessen putziges Leierspiel, es ist die Macht über eine Horde ihm ergebener Fans.

»Wenn wir den Wolf aus Ihnen herausnehmen, werden sie sterben, sagte der Arzt.« Im Vortext zu den zwölf Erzählungen begegnet uns dieses zweite existentielle Grundmotiv, das Brasch bis zum letzten Satz seines letzten Werks verfolgte, reziprok. Ein Fremdkörper, ein Körper, wie er fremder kaum sein kann, der eines wilden Tieres, war *der Wolf in der Menschenpelle*, der Haut des lakonisch berichtenden Ich, das »nicht darüber nachdenken wollte, wie der Wolf in mich hineingekommen war und warum er verkehrt lag«. Was bedeutet die Metapher vom Sich-fremd-Fühlen in der eigenen(?) Haut? Welche existentielle Erfahrung, die dem Ich wohl bewußt war, führte dazu, daß der Wolf lebendig im Leib dieses Menschen steckte – und nicht, wie umgekehrt (oder »verkehrt« herum), in dem anderen Märchen – lebendig verschlungene Menschen im Bauch des Wolfes, den der Jäger aufschnitt, woran, das ist nun wieder logisch, der Wolf starb, während die Menschen weiterlebten? Wir dürfen vermuten, daß es genau jene zweimal gemachte Erfahrung war, von der Thomas Brasch *nicht* geschrieben hat oder nur *so.*

»Erzähl deine Märchen jemand anders, du denkst doch nicht, daß ich das glaube, was willst du drüben, *hätte* sie gesagt ...« Der alte Angeber, den Robert zum Bett trug, wie ein Kind oder ein Mädchen, der war dann derjenige, der es *tatsächlich* sagte: »Was willst du denn drüben. Was willst du denn von denen.« »Gar nichts«, antwortete Robert: »Von denen will ich gar nichts.« Doch sieben Zeilen später schrie er schon: »Was ich will (...) Alles anders machen. Ohne Fabriken, ohne Autos, ohne Zensuren, ohne Stechuhren. Ohne

Angst. Ohne Polizei. Er schlug mit der Faust gegen das Regal, aber die Müdigkeit blieb in seiner Stimme. Von vorn anfangen in einer offenen Gegend.« Hier sind die beiden weiteren der vier Grundthemen des Thomas Brasch angeschlagen, die trotzige, so oft belächelte Utopie von der anderen, der wirklich freien menschlichen Existenz, die aufzugeben ebenso schnell oder schleichend tödlich ist wie sie nicht aufzugeben; und aus dem Wissen darum speist sich die Müdigkeit. Eine berechtigte Müdigkeit, denn die »offenen Gegenden« ohne Fabriken, ohne Autos, ohne Angst und ohne Polizei, das wußte der Junge, der sein Leben riskierte und – wie wir in einer der nächsten Erzählungen erfuhren – verlor, gibt es nicht, nicht dort, wo er hinwollte, und womöglich in keiner dem Menschen zugänglichen Landschaft – auf welchem Planeten auch immer.

Wie sterben die Söhne, die Brasch meint? Nicht alle unbedingt physisch, aber immer als jene Söhne, von denen die Väter sagen müssen: »Ihr seid für uns gestorben!« – Es ist der antagonistische Bruch, den die Söhne wollen. *Warum* sterben die Söhne? Um die Väter zu entmachten, um ihnen, ehe die Alzheimersche Krankheit sie vielleicht ein letztes Mal begnadigt, noch ein paar Denkzettel zu verpassen; um das jämmerliche, destruktive und wüste Erbe, das die verlogenen Greise für sie bereithalten, nicht antreten zu müssen. Doch *woran* sterben die Söhne wirklich? Daran, daß ihnen nach dem vollzogenen Bruch nicht einfällt, wie es weitergehen soll? Daran, daß viele von ihnen doch selber zu Vätern und von den neuen Söhnen bekämpft werden? Oder daran, daß unsere alte, enge, von X Vätergenerationen geprägte Welt für ihre naive, allzu vage Utopie vom neuen Anfang »in einer offenen Gegend« einfach keinen Platz hat und diese Gegen-

den selbst in der Literatur selten geworden, die übriggebliebenen Söhne jedoch zu müde, zu unklug, zu wenige sind, um sich diesen Platz zu erkämpfen?
Auch die Söhne, darin bleiben sie – Bruch hin oder her – den Vätern verwandt, können nicht aus ihrer Haut, nicht bei lebendigem Leibe.
... Die guten (Text-)Wölfe aber schält die nachgewachsene Zeit aus den Häuten der vergangenen; nur die schlechten verkommen, verderben, verschwinden in und mit den Bälgen, die ihre Zeit hatten, weil sie nichts anders waren als das.

Katja Lange-Müller

Inhalt